新潮文庫

郷愁
(ペーター・カーメンチント)

ヘッセ
高橋健二訳

新潮社版

995

郷愁

——ペーター・カーメンチント——

わが友ルートヴィヒ・フィンクに

郷愁

一

はじめに神話があった。偉大な神は、インド人やギリシャ人やゲルマン人の魂の中で創作し、表現を求めたように、どの子どもの魂の中でも、日ごとに創作をくりかえしている。

私は、自分の故郷の湖や山や谷川がなんと呼ばれているかも、まだ知らなかった。しかし、小さい光で織りなされた青緑色のなめらかな広い湖面が、太陽をあびて横たわっているのを、また、けわしい山が湖面をひしひしと取り囲んで、そびえているのを、私は見た。その一ばん高い裂けめには、きらきらと光る雪渓《せっけい》と、小さいかすかな滝が見えた。山のふもとには、傾斜した明るい牧草地があり、果樹や小屋や灰いろのアルプス産の雌牛が点々としていた。私の貧しい小さな心は、ひどく空虚で、静かで、じっとなにかを待っていたので、湖や山の霊が、美しい大胆なわざを、私の心に書きつけたのだった。びくともせぬがけや絶壁は、誇らしげに、しかしおそれうやまいながら、太古のことを語っていた。彼らはその時代の子であり、その傷跡をまだ残しているのだから。――大地が裂けて、まがり、苦しみもだえる胎内から、陣痛にうめきながら、絶頂や山背《やまのせ》を産み出した往時について、彼らは語っていた。岩山が鳴動し爆発しながら、せりあがって、目あてもなくそそり立ったかと思うと、ぽきっと折れた。二子山《ふたごやま》が場所を争って、死にもの狂いで格闘したが、ついに一方が勝って、そびえ立ち、相手の兄弟を投げ出して、打ち砕いてしまった。いまでもなお、高い山峡《やまかい》のここかしこに、あの昔の折れた山頂や、押しのけられて割れた岩がひっかかっていた。雪どけごとに、奔流する水が、家ほどもある岩塊をころがし、ガラスのようにこなみじんにしたり、強大な力で柔らかい牧草地の中ふかく流しこんだりした。

彼らは、この岩山たちは、いつも同じことを語った。そして、彼らの言っていることを理解するのは、たやすかった。その急な岩壁が幾段も層をなして割れ、ゆがみ、裂け、みな口を開いた傷だらけであるのを見るならば。――「おれたちはぞっとするような恐ろしいめにあったのだ。そしておれたちはまだ苦しんでいる」と彼らは言っていた。しかし彼らはそれを、不屈の老戦士のように、誇らしげに、厳然と、憤然と言うのだった。

そうだ、戦士なのだ。私は、彼らが戦うのを見た。ものすごい早春の夜、怒った南風《フェーン》が彼らの老齢の頭をめぐってうなったり、たぎる谷川が彼らの側面から新しいでこぼこな岩塊を引きちぎって行ったりするとき、彼らが水やあらしと戦うのを、私は見た。そういう夜、彼らは、強情に根をつっぱって、陰惨に、息を殺し、歯をくいしばって立ち、さんざんに裂かれた岩壁ととがった先端とを、あらしに向かって突き出し、反抗的にうずくまって、全力を集中していた。そして傷つくごとに、憤激と不安のものすごい鳴動を発した。恐ろしいうめき声が吹き破られて、腹だたしげに、はるか遠くの地すべりにこだました。

牧草地や、斜面や、土の詰まっている岩の割れめが、草や花やシダやコケにおおわれているのを、私は見た。それには、古い俗語で、奇妙な意味ありげな名まえがつけられていた。山の子であり孫である草花は、はなやかに無邪気にそれぞれの場所に生きていた。私はそれにさわってみたり、観察したり、においをかいだり、その名を覚えたりした。木々の姿は一そう真剣に深く私の心を動かした。一本一本の木が、孤立した生活を営み、特別な形と樹冠をかたちづくり、独特な影を投げているのを、私は見た。木は隠者として、戦う者として、山に一きわ縁の深いもののように思われた。なぜなら木という木は、ことに山の高い所に立っている木は、風や天候や岩石に対して、存在と成長のために、じっと粘り強い戦いを続けねばならなかったからだ。どの木も自分の重さをにない、しっかりしがみついていなければならない。そのためそれぞれ独特な形を持ち、特殊の傷を持っていた。あらしのため一方の側にしか枝を出せないアカマツがあった。また、赤い幹が、張り出している岩のまわりに、ヘビのようにくねって、木と岩が、たがいに抱きあい、ささえあっているのもあった。彼らは、戦士のように私を見つめ、私の心に恐れと敬意を呼び起こした。

この土地の男たちや女たちも、木に似て、無愛想《ぶあいそう》で、きびしいしわがあり、ことば数が少ない。最もすぐれた人たちは、一ばんことば数が少ない。それゆえ私は、人々を木や岩と同じようにながめ、彼らについて考え、動かぬアカマツと同じくらいに彼らを敬愛することを学んだ。

私たちの小さい村ニミコンは湖にのぞみ、二つの山の突出部にはさまれた、三角形の斜面にある。一つの道は、近くの修道院に通じ、もう一つの道は、四里半も離れた隣村に通じている。湖畔のほかの村々へは、水路を行く。私たちの家は、古い木造建築で、年代ははっきりしていない。新しい家が建てられるということは、ほとんどなく、古い小さい家がそのつど必要に応じて部分的に修理されるにすぎない。今年はゆかを、またの年は屋根の一部を、というぐあいである。以前はへやの壁の一部になっていた半げたや木舞《こまい》が、いまは屋根の垂木《たるき》になっているのがいくらも見られる。それがそういう役にはまったく立たないが、さりとて燃やしてしまうにはまだもったいないという場合には、そのつぎ、馬小屋か、ほし草小屋のゆかの修理に、あるいは玄関の戸の横のぬきに使われる。そこに住んでいる人たちも同様である。めいめい力の及ぶあいだは、自分の役割を人なみに果たすが、やがてためいながら、役に立たない人々の仲間にはいってゆき、ついには、たいして人目にもつかないで、暗黒の中に沈んでしまう。長年異郷にいて私たちの村へ帰って来たものも、数軒の古い屋根が新しくされ、比較的新しかった数軒の屋根が古くなったという以外、なんの変化も認めない。昔の老人はいなくなりはしたが、別な老人がちゃんといて、同じような小屋に住んで、同じような名を名のり、同じ黒い髪の子どもたちのおもりをしている。顔や動作の点でも、そのあいだに死んでいった人たちと、ほとんど区別がつかない。

私たちの村には、外から新鮮な血やいのちが流れこむということは、あまりなかった。住民は、かなり強健な種族で、ほとんどみんなたがいにごく密接な血縁関係にあって、たっぷり四分の三はカーメンチントという名を持っている。この名は、教会の名簿のページをうずめ、墓場の十字架にしるされており、家々にペンキや無骨な木彫りで麗々しく出ている。馬車屋の車や、飼料おけや、湖水のボートにも、この名が読まれる。私の父の家の玄関の上にも、「ヨーストおよびフランチスカ・カーメンチント、この家を建つ」とペンキで書かれていた。だが、それは私の父のことではなく、その祖父、つまり私のひいおじいさんのことである。いつか私が、子どもをのこさず死ぬようなことがあっても、この古い巣が、様子は変わっても、それまで存続し、屋根をいただいていれば、またあるカーメンチントが移り住むようになることは、たしかだ。

外見は単調であるが、私たちの村民の中にもやはり、善人もいれば、悪人もおり、りっぱなのもいれば、卑《いや》しいのもおり、有力なのもいれば、劣等なのもいた。利口なのも少なくないが、それとならんで、白痴はぜんぜん別としても、愚か者たちのおもしろい小さい一団があった。それは、どこでも見られるように、大きな世界の小さい縮図であった。お大尽と小身もの、抜け目のない連中と愚か者とが、切っても切れぬ血縁近親関係にあったから、鼻息の荒い尊大さと、愚鈍な軽率さとが、ずいぶんたびたび同じ屋根の下でいざこざを起こしていたので、私たちの生活は、人間性の奥底と喜劇とをうかがわせるに十分な場所となった。ただ、なにか秘められた、あるいは意識されない重苦しさのおおいが、いつも村の上にかかっていた。自然の力に依存していることと、たえず働かねばならない生活の窮乏とが、時のたつうちに、ただでさえおいぼれてゆく種族に、憂愁になりがちな傾向を与えた。この憂愁は、鋭いきびしい顔には似つかわしかったが、ほかの点では、なにも実を結ばせはしなかった。少なくとも好ましい実は結ばせなかった。だからこそ、数人の愚か者がいて、いかにもおとなしくてまじめくさってはいるが、いくらかのはなやかさと、大笑いをしたり、あざけったりするきっかけを持ちこんで来るのを、人々は喜んだ。彼らのひとりがなにか新しいばかなまねをして評判になると、ニミコンのものたちの、しわのある、日やけした顔に、楽しげな電光が伝わるのだった。この笑いごとそのものに対する楽しみのうえに、さらに微妙なパリサイ人的薬味として、自分の優越さを誇る楽しみが加わってくる。自分はそんなまちがいや失策はけっしてしないぞ、という気持ちで、満足げに舌を鳴らすのであった。堅気ものと罪作りとの中間にあって、双方からおもしろい愉快な話のおすそわけにあずかっている多くの連中の仲間に、私の父もはいっていた。なにかたわけた事が持ちあがると、父は必ずうれしくなってそわそわし、それをしでかした当人に同情し感心したり、自分は大丈夫という意識にぬくぬくと納まったりして、こっけいなほどあっちこっちに動揺した。

私の伯父コンラートは、こういう愚か者のひとりだったが、だからといって、分別の点で私の父やほかのお歴々に比べて劣ってなんかいなかった。むしろ彼は抜け目のないほうで、じっとしていられない発明の才に駆り立てられていた。ほかのものたちは文句なしにそれをうらやんでいいくらいだった。だが、もちろん、彼はなにひとつ成功しはしなかった。彼はそんなことでうなだれて、無為にめいるようなことはせず、繰り返し新しいことを始め、自分の企ての悲喜劇に不思議なほど元気な気持ちを持っていたのは、たしかに彼の長所だったが、こっけいな変わり者だという折り紙をつけられ、そのため、村の無給の道化役に数えられていた。彼に対する私の父の関係は、感嘆とけいべつとのあいだをたえず行き来していた。義兄が新しい案を考え出すごとに、父ははげしい好奇心と興奮に駆られた。それを、さぐりを入れる皮肉な問いやあてこすりのかげに隠そうとしても、だめだった。やがて伯父が成功を確信し、非凡な人間らしく振る舞いだすと、父はそのつどそれに心を奪われて、投機的な兄弟愛をもってこの天才に加担するが、結局おきまりの失敗ということになると、伯父は肩をすくめるだけだったが、父はおこって、伯父にあざけりと侮辱をあびせ、幾月も見向きもしなければ、ことば一つかけないというふうだった。

私たちの村がはじめて帆走ボートを見ることができたのも、コンラートのおかげであった。それには私の父の小舟があてがわれねばならなかった。帆や綱具類は、伯父が、暦についている木版画によって手ぎわよく作った。この小舟が帆走ボートにしては細すぎたのは、しょせんコンラートのせいではなかった。準備に数週間かかった。父は、緊張と希望と不安のあまり、おちおちしていられなかった。村のほかの連中も、コンラート・カーメンチントの最新の計画の話で持ち切りだった。帆走ボートが風のある晩夏の朝、はじめて湖に乗り出すことになった日は、私たちにとって記念すべき日であった。父は、ひょっとして事故を起こしはしないかと恐れて、遠ざかっており、私にも同乗を禁止して、私をおおいに悲しませた。フュースリー・パン屋の息子だけが、帆走の名手と同行した。しかし、村じゅうの者がじゃり場や庭に立って、前代未聞《みもん》の見ものに立ち会った。湖のしも手に向かって、軽い東風が吹いていた。はじめはパン屋が漕《こ》がねばならなかった。やがて小舟は微風に乗って、帆をふくらませ、誇らしげに疾走した。私たちは感嘆しながら、小舟が近くの山鼻をまわって消えるのを見、抜け目のない伯父が帰って来たら、勝利者として迎えよう、かげで嘲笑《ちょうしょう》的な考えをいだいていたのを恥じよう、という心がまえになった。ところが、夜になって小舟が帰って来てみると、帆はなくなり、乗り手は、生きているより死んでいるというふうだった。パン屋の息子は、せきをして言った。「おまえさんたちは、ほんとの楽しみをふいにしたよ。もうすこしのところで日曜日には、葬式の振る舞いが二組出るところだったよ。」父は二枚の新しい板を小舟に打ちつけねばならなかった。それ以後、青い水面に帆が映ることは二度となかった。その後もずいぶん長いあいだ、コンラートがなにかせわしそうにしているたびごとに、人々はうしろから「帆をかけなくちゃ、コンラート！」とどなったものだ。父は腹だたしさをかみ殺していた。そして長いあいだ、哀れな伯父に出くわすごとに、そっぽを向いて、大きく弓なりにつばを吐いた。言いあらわしようのないけいべつのしるしだった。そういう状態がかなり長く続いたが、ある日コンラートは、耐火装置のパン焼きかまどの新案をもって、父のところにやって来た。この案のおかげで、考案者はさんざんあざけられ、父は現金四ターレルの損をすることになった。この四ターレルの一件を父に思い出させるものがあったら、災難だ！ずっとのちのことだが、またしても家のやりくりが苦しくなったとき、母がふとなにげなく、くだらぬことにつぎこんだあのお金が、いまあったら、助かるだろうに、と言った。父は、首までまっかになったが、じっと心を抑えて、こう言っただけだった。「あれを日曜一日で飲んじまえばよかったんだ。」

いつも冬の終わりには、南風《フェーン》が低い音のうなり声を立ててやって来た。アルプスの人々は、それを恐れおののきながら聞くのだが、異郷にあるときは、くいいるような郷愁をもって、それをなつかしがるのである。

南風が近づくと、幾時間も前から、男も女も、山も、野獣も家畜もそれを予感する。たいていいつでも、冷たい向かい風がまず吹いてから、あたたかい深いざわめきが、南風《フェーン》の襲来を告げる。青緑色の湖が、またたくあいだに墨を流したようになり、とつぜん、あわただしい白い波頭を立てる。その直後、数分間まえは、まだ音もなくおだやかに横たわっていた湖が、まるで海のように、怒った大波を立ててとどろきながら岸に打ち寄せた。同時にけしき全体がおびえたようにぐっと接近する。いつもは遠く離れた所に沈思している山頂に、いまは岩が数えられるようになる。いつもは遠方にただ茶色の斑点《はんてん》として横たわっている村々だが、いまはその屋根や破風《はふ》や窓が見分けられる。すべてが、山も牧場も家々も、おびえた家畜の群れのように、寄りあう。すると、とどろくような騒音と大地の震動が始まる。むち打たれたような湖の波は、かなりの距離を煙のように空中を駆り立てられて行く。そして、ひっきりなしに、特に夜は、あらしと山々との死にもの狂いの戦いが聞こえる。しばらくたつと、土砂で埋まった小川や、こわれた家や、砕かれた小舟や、行くえ不明になった父親や兄弟の報告が、村から村へ伝わる。

幼年時代、私は南風を恐れ、憎みさえした。だが、少年の野性が目ざめるとともに、私は、この反逆者を、永遠の青年を、大胆な闘士を、春をもたらすものを、愛するようになった。南風が、生命とありあまる力と希望とにあふれ、荒れ、笑い、うめきながら、猛烈な戦いを始め、ほえながら峡谷をかけぬけ、山々の雪を食い、根強い老松を荒っぽい手でねじ曲げ、嘆息さすさまは、実に壮観だった。のちには、私はこの愛を深めて、南風のなかに、甘い美しい、あまりにも豊かな南国を迎えるようになった。あの南国から、喜びとあたたかさと美しさがたえずこんこんとわき出るのだが、やがてそれは山々にあたって砕け、ついには平らな冷たい北国で疲れて衰えはててしまう。南風の季節に、山地の人々、特に女たちを襲い、眠りを奪い、五官をなでて刺激する南風熱ほど、奇妙なもの、すばらしいものはない。これこそ南国のいぶきで、たえず荒れ狂い燃えあがりながら、そっけない貧弱な北国の胸に飛びこんで来て、雪に埋もれたアルプスの村々に、いまは、もう近いイタリアの紫色の湖のほとりでは、桜草や水仙《すいせん》やハタンキョウの枝が花を開いていることを、告げ知らすのである。

それから、南風が吹き過ぎて、最後に残ったきたないなだれも溶けうせると、いよいよ一ばん美しいものが訪れる。やがて、花で色どられた、黄色がかった牧草地が、四方八方から、山の上に向かってひろがってゆく。雪の山頂と氷河は、高く清く神々《こうごう》しくそびえ、湖は、青くあたたかくなり、太陽と空ゆく雲を映す。

　こういういろいろなものは、すでに幼年時代を満たすに足り、場合によっては一《いっ》生涯《しょうがい》をも満たすに足りる。なぜなら、そういうものはみな、人間の口びるにいまだかつてのぼったことのないような神のことばを、声高く、ゆがめずに語るからである。それをそのようなかたちで幼年時代に聞いたものにとっては、それは一生涯を通じ、甘く強く恐ろしく鳴りひびき続ける。彼はその魔力からけっして離れることはない。山を故郷とするものは、たとい幾年も哲学や博物を研究し、古い神を放棄することがあろうと――いつかまた南風を感じたり、なだれが森を突き破るのを聞いたりすれば、胸をふるわせ、神や死のことを考えるのである。

　父の小さい家の隣に、かきをめぐらした小さい庭があった。そこには、にがいチサや、カブラや、キャベツが繁殖しており、そのほか、母が、花を植えるため、いじらしいほど狭い貧弱な花壇を作っていた。そこには、毎月咲くバラが二株、ダリアがひとかたまり、モクセイソウがひと握り、わびしく、いじけ、やつれていた。庭に隣接して、なお一そう小さいじゃり地があって、湖まで達していた。そこには、いたんだたるが二つ、板やくいが数本、ころがっていた。さらに下って水の中には、私たちの小舟がもやってあった。それは当時まだ二、三年ごとに新しく修理され、タールを塗られた。その仕事の行なわれた日のことが、私の記憶にはっきり残っている。初夏の暑い午後のことだった。小さい庭の上には、いおう色のヤマキチョウが日光を浴びてひらひらと舞っていた。湖は油のようになめらかで、青く、静かに、かすかにきらきら光っていた。山のいただきは薄いもやに包まれていた。小さいじゃり地では、タールとペンキのにおいが強くした。その後も、小舟は夏じゅうタールのにおいを放っていた。幾年もたって、どこか海辺で、水のにおいとタールの発散する臭気とのまざった、あの一種独特のにおいが鼻にぷうんと来るごとに、いつもすぐこの湖畔の小さいじゃり地が目の前に浮かんで来て、父が腕まくりしてはけを動かし、父のパイプから青みがかった煙が静かな夏の大気の中にのぼり、まっ黄なチョウが、そわそわとびくびく飛んでいるさまが、目に見えるのだった。そういう日には、父はいつになく上きげんで、お得意の口ぶえを震わせ、ことによると、短いヨーデルンの一節を、これは小さい声ででではあるが、聞かせさえした。そんなとき、母は夕食になにかごちそうを料理した。いまにして思えば、母は、夫のカーメンチントが今夜は飲み屋に行かないように、というひそかな希望をいだいて、そうしたのだったが、父はやっぱり出かけて行った。

両親が私の幼い情操の発展を特に助長したとか、妨げたとか、いうことは言えない。母はいつも両手にいっぱい仕事があった。父ときたら、たしかにおよそ教育の問題についてくらい無関心なことはなかった。数本の果樹をどうにか育てていき、小さいジャガイモ畑を耕したり、ほし草を見たりすることで、父はせいいっぱいだった。ほぼ二、三週間ごとに、父は夕方出かける前に、私の手を取り、無言で私と一しょに、家畜小屋の上にあるほし草置き場に姿を隠した。それからそこで奇妙な罰と罪のつぐないが行なわれた。つまり、私はさんざんぶたれたのだが、父も私自身も、なんのためにぶたれるのか、よくわからなかった。それは、復讐《ふくしゅう》の女神ネメジスの祭壇で行なわれる無言の犠牲であった。父のがわでしかるということも、私のほうで泣きわめくということもなく、神秘な力への当然のみつぎ物のように、犠牲はささげられた。後年、「盲目な」運命について語られるのを聞くことがあると、いつも私はこの神秘的な場面を思い出した。それは、盲目的な運命という観念のきわめて具体的な表現であるように思われた。その際、父は無意識のうちに、人生そのものがわれわれに対して行なうのを常とする単純な教育法に従ったのである。人生というものはときどき、晴れた空から雷雨をわれわれのところに送っておいて、われわれがいったいどういうまちがった行ないをしたために、天の力を挑発《ちょうはつ》するようになったかを、熟考することは、われわれにまかせて、知らん顔をしているものである。残念ながら、私はそんな熟考はしなかった。してもごくまれだった。むしろ私は、分割払いのこらしめを、望ましい自己反省もせずに、平然と、あるいは反抗的に甘受した。そしてそういう晩には、いつも、これでまた税金を済ませた、つぎの罰まで二、三週間の間がある、と思って、喜んだ。私は、仕事を教えようとするおやじの試みには、ずっと自主的に抵抗した。不可解な浪費的な自然は、私のうちに二つの相反する素質を結びつけた。つまり、なみはずれた体力と、残念ながらそれに劣らぬ仕事ぎらいの性質だった。父は、私を役に立つ息子に、助手にしようと、あらゆるほねおりをしたが、私はあらゆる手を使って、自分にあてがわれた仕事をすっぽかした。中学時代にも、私は、古代の英雄中だれよりもヘラクレスに共感を寄せた。それというのも、ヘラクレスが例の有名なめんどうな仕事を強制されたからである。ひところ私は、岩や牧場、あるいは水辺を、のんきにぶらぶら歩きまわるより楽しいことを知らなかった。

山と湖とあらしと太陽が、私の友だちで、私に物語をしてくれ、私を育ててくれた。それで長いあいだ、どんな人間や人の運命より、私にはいとおしい、なじみ深いものだった。しかし、輝く湖や、悲しげなアカマツや、日なたの岩にも増して好きだったのは、雲だった。

広い世界に、私より雲をよりよく知り、私以上に雲を愛する人がいたら、お目にかからせてもらいたいものだ！　あるいはまた、雲より美しいものが世界にあったら、見せてもらいたいものだ！　雲は戯《たわむ》れであり、目の慰めである。祝福であり、神のたまものであり、怒りであり、死神の力である。雲は、みどり児《ご》の魂のように、やさしく、柔らかで、おだやかだ。雲は、親切な天使のように、美しく、豊かで、恵み深いが、死神の使者のように、暗く、のがれがたく、容赦を知らない。雲は、薄い層をなし、銀色にただよう。雲は、ふちを金色に光らせて笑いながら白く帆走する。雲は、黄色や赤や水色がかった色をたたえて、じっと休んでいる。雲は、人殺しのように、陰険にゆっくりと忍び寄る。雲は、狂った騎手のように、まっしぐらに、風をまいて疾駆する。雲は、憂うつな隠者のように、悲しげに夢みながら、色あせた空にかかる。雲は、幸福な島の形や、祝福する天使の形をとる。かと思うと、おびやかす手や、はためく帆や、旅ゆくツルに似る。雲は、神の天と哀れな地とのあいだに、両方に属しながら、あらゆる人間のあこがれの美しいたとえとしてただよう。――いわば大地の夢だ。その夢の中で大地は、けがれた魂を清い天にまつわりつかせる。雲は、あらゆるさすらい、探求、願望、郷愁の永遠な象徴なのだ。雲が、天地のあいだに、ためらいがちに、あこがれながら、また誇らしげにかかっているように、人間の魂も、時間と永遠のあいだに、ためらいがちに、あこがれながら、誇らしげにかかっているのだ。

おお、雲よ、美しい、ただよう、休むことのないものよ！　私は、無知な子どもだったが、雲を愛し、見つめた。そして自分も雲として――さすらいながら、どこに行っても親しまず、時間と永遠の間をただよいながら、人生を渡って行くだろう、ということを知らずにいた。幼年時代から雲は私にとっていとしい女ともだちであり、姉妹であった。私は小路《こうじ》を歩けば、きっと雲とうなずきあい、あいさつをかわし、一瞬じっと目と目を見あわすのだった。私はまた、そのころ雲からおそわったこと、その形、色、表情、戯れ、輪舞、踊り、休らい、不思議な地上的な天上的な物語などを、忘れなかった。

とりわけ、雪のお姫様の物語を忘れなかった。その舞台は、中くらいの山で、初冬のころのこと、まだ下のほうにはあたたかい風が吹いている。雪姫は、わずかのおともをつれて、おそろしく高いところからおりて来、広々した山のくぼ地か、幅の広い山頂に休息所をさがす。あどけない雪姫が横たわるのを、たちの悪い北東風がねたましげに見て、こっそり舌なめずりしながら山にかけあがり、荒れ狂って雪姫をふいに襲う。彼は、美しい姫をめがけて、黒いちぎれ雲のぼろを投げ、あざけり、ののしり、追い払おうとする。しばらくのあいだ、姫はいらいらするが、じっと我慢する。ときには頭を振りながら、あざけるようにしてそっとまたもとの高い所へもどって行くこともある。だが、ときには、おびえている女ともだちをふいに身辺に集め、まぶしいほど高貴な顔をあらわし、冷たい手で怪物に、さがれ、と命じる。怪物は、ためらい、ほえ、逃げる。雪姫は静かに横になって、自分の席を広く青白い霧で包んでしまう。霧がはれると、くぼ地も山頂も、清い柔らかい初雪でおおわれて、さえざえと輝いている。

この物語の中には、なにか高貴なもの、なにか美の魂と勝利とを伝えるものがこもっていて、私をうっとりとさせ、楽しい秘密のように私の小さい心を感動させた。

まもなく、雲に近づき、その中に踏み入り、雲の群れの中のあるものを上から見ることができるような時も来た。はじめて山頂によじのぼったのは、十歳の時で、私たちの村ニミコンをふもとに見おろすゼンアルプ峰だった。そのとき、私ははじめて山の恐ろしさと美しさを見た。深く切れこんだ峡谷に、氷や雪どけ水や、緑いろのガラスのような氷河、ものすごい堆石《たいせき》などがあふれていた。それらの上に、釣《つ》り鐘のように高く丸く空がかかっていた。十年も山と湖のあいだにはさまれて生き、近くの山々に窮屈に囲まれていたものなら、はじめて大きな広い空が頭上に、はてしない地平線が眼前に開かれた日のことを忘れない。登る途中で私はもう、下からよく見なれたがけや岩壁が圧倒的に大きいのを発見して驚いた。そこでその瞬間の印象にまったく打ち負かされて、私は不安と歓呼とをもって、とつぜんおそろしく大きな世界が自分に迫って来るのを見た。さては世界はこんなにすばらしく大きかったのか！　低く下の方に所在のわからなくなった私たちの村は、全体が小さい明るい斑点にすぎなかった。谷間から見て、くっつきあっていると思っていた山頂が、数里も離れていた。

そこで私は、これまで世界というものをほんのちらっと見ただけで、ちゃんと見たことがないということ、外では、立っている山々がくずれたり、いろいろ大きな事が起こることがあるのに、そういうことについては、私たちの孤立した山の奥には、なんの知らせも伝わって来ないのだということを、ほのかに感じ始めた。しかし同時に、私の心の中ではなにかが、コンパスの針のように、あのはるか遠いかなたを無意識に志して力強く震えた。そしてまた、雲がどんなに限りなく遠い所へさすらって行くかを見て、私ははじめて雲の美しさと悲しい心とをくまなく知ったのであった。

おとながふたり私を連れて行ってくれたのだが、彼らは、私がよく登るのをほめ、氷のように冷たい山背に少し休んだ時、私がわれを忘れて喜ぶのを笑った。だが、私は、最初の大きな驚きがおさまると、快感と興奮のあまり、雄牛のように大声で、澄んだ大気の中にうなり声をあげた。それが、美しさに対する私の最初の、音節をなさない歌だった。とどろくようなこだまを期待していたのに、私の叫びは、静かな山の中に、弱い小鳥のさえずりのように、あとかたもなく消えていった。私はひどく恥ずかしくなって、じっとしていた。

この日は、私の生活に道を開いてくれたのだった。なぜと言えば、このときから事件があいついで起こったからである。まず皆が私をたびたび登山に連れて行ってくれた。困難な登山にも。――私は妙に息苦しい喜びに胸はずませて、高山の大きな神秘の中へ、はいって行った。それから私はヤギの番を仰《おお》せつかった。いつもヤギを連れて行く山腹の一か所に、風のあたらない隠れ場があった。紺青《こんじょう》のリンドウや淡紅色のユキノシタがおいしげっていた。この世で私の一ばん好きな所だった。そこからは村は、見えなかった。湖も、岩越しに、細いきらきらした帯のように見えるだけだった。そのかわり、草花が朗らかなみずみずしい色で燃えるように咲き、青空は、とがった雪の峰の上に、四角な屋根のようにかかっていた。ヤギの鈴のやさしい音とともに、遠くない滝がたえず音を立てていた。そこで私は日だまりに寝ころんで、白い小さい雲を感嘆しながら見送り、小声でヨーデルンをぼんやり歌った。しまいにヤギは私のなまけぶりに気づいて、いろいろしてはいけないいたずらや、ふざけたまねをした。そんなことをしているうち、最初の二、三週間のうちにもう、私は、はぐれたヤギと一しょに峡谷にころがり落ちて、すばらしい逸民の暮らしに手ひどい打撃を受けた。ヤギは死ぬし、私は頭のはちを痛めるし、おまけにこっぴどくぶたれて、両親の所から逃げ出したものの、哀願し、泣きを入れたあげく、また家に入れてもらう、という始末だった。

この冒険を、私の最初の、そして最後の冒険にすることは容易だったろう。そしたら、この本も書かれずにしまい、ほかのいろいろなほねおりや愚行もせずに済んだろう。そしたら、たぶんだれか縁続きの女と結婚するか、それともどこか人の目のつかぬ氷河の中で凍え死にでもしていたかも知れない。それも悪くないだろう。だが、万事ちがった結果になった。できてしまったことを、起こらなかったことと比較するのは、私の性に合わないことだ。

私の父は、ときおりヴェルスドルフの修道院でちょっとばかりささやかな勤めをしていた。あるとき、父は病気になったので、私に、ことわりに行って来い、と言いつけた。しかし、私はそれをしないで、隣で紙とペンを借り、修道院の人にあてて丁重な手紙を書き、それを走り使いの女に持たせてやり、自分はかってに山へはいって行った。

つぎの週、ある日、私が家に帰って来ると、神父がこしかけて、あのみごとな手紙を書いた当人を待っていた。私は少し心配になったが、神父は私をほめ、私を彼のもとで勉強させるよう、父を説きつけようとした。コンラート伯父は、そのころまた父と折り合いがよかったので、相談を受けた。もちろん伯父は即座に、勉強して、のちには大学で研究をし、学者になり、紳士にならなければならない、と熱心に賛成した。父は説得されてしまった。こうして私の将来も、耐火装置のパン焼きかまどや、帆走ボートや、多くの類似の空想と同様、あぶなっかしい伯父の計画の一つとなった。

すぐに猛烈な勉強にとりかかった。特にラテン語、聖書の歴史、植物学、地理学にかかった。なにをやってもたいそうおもしろかった。そして、こういう異国風のもののため故郷や青春の歳月を失うことがあろう、などとは考えなかった。ラテン語ができただけでそうなったのではない。たとい私が名家列伝を残らず、自由自在に暗記したとしても、父は私を百姓にしただろう。しかし、利口な父は、手に負えない怠惰が重心として基本的な悪徳として巣くっている、私の本性を見抜いていた。私は、すきさえあれば、仕事から逃げ出して、そのかわり、山や湖に出かけたり、人目をしのんで山腹に寝ころんだり、読んだり、夢みたりして、のらくらと暮らした。こういうことを見てとって、父はついに私を手放すことにした。

これを機会に、両親のことを少し述べておこう。母は昔は美しかったが、いまはしっかりした、すらりとしたからだつきと、優美な暗い目だけが、そのおもかげを伝えていた。彼女は背が高く、非常に力があって、まめで無口だった。父に劣らずたいそう利口で、体力にかけては父にまさっていた。しかし、家の中を支配することはせず、采配《さいはい》を振ることは夫にまかせた。父は、中背で、細い、きゃしゃなくらいなからだつきをしていたが、がんこで抜け目のない頭を持ち、色白の、小さい、なみはずれて敏感なしわのいっぱいある顔をしていた。そのうえ、額に短い縦じわがあった。まゆを動かすごとに、そのしわが暗くなって、父の表情を気むずかしく悩ましげにした。そんなとき、父はなにかひどく重要なことを思い出そうとしているが、とうてい思い出す望みがなさそうに見えた。一種の憂うつ症を彼に認めることができただろうが、だれもそれに注意しなかった。なぜなら、私たちの地方の住民はほとんど皆、いつも軽い憂愁にとらえられていたからである。その原因は、長い冬や、いろいろな危険や、生活を切り抜けていく難渋さや、世間の生活から隔絶していることなどにあった。

私は両親から自分の性質の重要な部分をうけついだ。母からは、つつましい処世の才と、神に対する一応の信頼と、静かな無口な性質を、父からは、決断に対する小心さ、金をやりくりする能力の欠如、考え考えたんまり飲む術《すべ》をうけついだ。最後の点は、あの幼いころには、むろんまだ現われていなかった。外面的には、父からは、目と口を、母からは、どっしりした長続きのする歩きっぷりと、体格と、しんの強い筋肉の力を受けた。父と、私たちの種族全体から、私は抜け目ない百姓の分別を受けて生まれはしたが、同時に悲しい性質と、底知れぬ憂うつにおちいる傾向もそなえていた。私は長いこと故郷の外で他人のあいだをさすらう定めだったから、憂うつ症のかわりにいくらかの軽快さと陽気な気軽さを持って生まれていたら、きっとましだったろう。

　こういう気性を授かり、新しい着物をあてがわれて、私は人生への旅に出た。世の中へ出て、それ以来ひとり立ちしたのだから、両親のたまものはりっぱに価値を示したわけだ。しかし、学問や世間の生活でもついぞ得られなかった、なにかあるものが、私には欠けていたにちがいない。というのは、私は今日でも昔のように、山を征服し、十時間も歩いたり漕《こ》いだりすることができるし、いざとなれば、素手で男のひとりぐらい打ち殺すことだってできるが、処世術にかけては今も昔もさっぱりだめだからである。早くから大地や植物や動物ばかり相手にしたことは、社会的な能力を私にあまり芽ばえさせなかった。いまでも、私の見る夢は、自分が残念ながらどんなに純粋に動物的な生活に愛着を持っているかを示す、注目すべき証拠である。つまり私は非常にしばしば、動物、わけてもアザラシとなって海べに寝ている夢を見る。そしてひどくいい気持ちになるので、目をさました時、人間の品位を取りもどしたことを意識しても、少しもうれしくも誇らしくも感ぜず、惜しいことをしたと思うばかりである。

私は、よくあるように、学費も食費も免じられて、高等学校で教育され、言語学者になるようにきめられた。なぜかは、だれも知らない。これほど無用で退屈な学課はない。これほど私に縁遠い学課もない。

学校時代は早く過ぎて行った。なぐりあいと授業とのあいだに、郷愁にあふれる時間、大胆な未来の夢にあふれる時間、学問をおそれうやまう気持ちにあふれる時間が来た。そのあいだには、ここでも生来のなまけ癖が頭をもたげ、さまざまの腹だたしいことや罰をもたらしたが、やがてなにか新しいことに熱中すると、なまけ癖はひっこんだ。

「ペーター・カーメンチント」とギリシャ語の先生が言った。「きみは強情もので、変人だ。いつかはその堅い頭を割らなきゃならんぞ。」私はふとっためがねの先生を観察し、そのことばを聞きながら、おかしな人だ、と思った。「ペーター・カーメンチント」と数学の先生は言った。「きみはサボの天才だ。零点以下の点がないのは残念だ。きみのきょうの成績をマイナス二点五分とする。」私は先生を見つめ、やぶにらみなので、お気の毒に感じ、ひどく退屈な人だ、と思った。

「ペーター・カーメンチント」とあるとき、歴史の教授が言った。「きみは良い生徒ではないが、それにもかかわらず、いつか良い歴史家になるだろう。きみは怠慢だが、大きなことと小さなことを区別することを心得ている。」

これも私には、かくべつたいせつなことではなかった。しかし、先生たちに対しては尊敬をいだいていた。先生たちは学問を身につけている、と私は思っていたからである。そして、学問に対して私はぼんやりとした大きな畏敬《いけい》を感じていた。先生たちは皆、私の怠慢については意見が一致していたが、私は進級を続け、中以上の席を占めていた。学校や学校の学問が不十分なつぎはぎ細工だということは、承知していたが、私はその後に来るものを待っていた。これらの準備や杓子《しゃくし》定規ののちに、純粋な精神的なもの、真実の疑う余地のない確かな学問の来ることを、私は予想していた。そこでこそ、歴史の暗い混乱、諸民族の戦い、ひとりびとりの魂の中の不安な問題などの意味がわかるだろう、と思った。
別なあこがれがもっと強く、生き生きと私の心にわいた。友だちがほしかったのである。

ちょうど、私より二つ年上で、トビ色の髪のまじめな少年がいた。カスパル・ハウリーという名だった。彼の立ち居、振る舞いはしっかりしていて、おちついていた。頭を男らしくきりっとまじめに起こしており、仲間とあまり話をしなかった。私は数か月も彼を大きな尊敬をもって見上げ、往来で彼のうしろをつけてあるき、彼の目にとまりたい、と切望した。彼からあいさつされる俗人や、彼の出入りする家が、一々ねたましかった。だが、私は彼より二級下だった。そして彼は自分の級の者に対してさえ優越を感じているように思われた。私たちのあいだではついぞことばがかわされずにしまった。彼のかわりに、私のほうから働きかけもしないのに、小さい病身の少年が私に慕い寄って来た。私より年少で、内気で才能もなかったが、美しい悩ましげな目と顔だちをしていた。彼はひよわくて、少しからだが不自由だったので、クラスでさんざん侮辱を受けた。それで、強くて重んぜられていた私に、保護者をもとめたのだった。まもなく病気がひどくなって、彼はもう学校にかよえなくなった。彼がいなくなっても、私はなんとも思わず、すぐ忘れてしまった。

さて私たちの級に、金髪のわんぱくものがいた。よろず屋で、音楽家であり、役者であり、道化師であった。私は相当ほねをおって彼と友だちになれた。陽気で小がらな同じ年のこの男は、いつも私に対して少しばかり恩を着せるような態度をとった。いずれにしても、私にはこれで友だちができた。私は彼を小さい自室にたずね、数冊の本を一しょに読んだ。私は彼のためにギリシャ語の課題をしてやり、そのかわり算術の手伝いをしてもらった。ときどき一しょに散歩もしたが、さぞかしクマとテンが一しょに歩いているように見えたことだろう。彼はいつも話し手で、陽気で、機転がきいて、けっして困ることがなかった。私は聞き役で、笑い、こんな愉快な友を得たことを喜んだ。

ところが、ある午後、この小さな山師が校舎の出入り口で、数人の仲間にお得意のお笑いを一席見せているところに、私は思いがけず、行き合わせた。ちょうど、ある先生のまねをしたところで、こんどは「これはだれだか、あててみたまえ！」

と叫んで、大声でホメロスの詩句を数行朗読しはじめた。そしてじつに生き写しに私のまねをした。私のまごついた態度、おどおどした読み方、山出しの荒っぽい発音、それに、熱心になった時いつもやるしぐさ、まばたきしたり、左の目を閉じたりするしぐさまでやってのけた。ひどくこっけいに見え、じつにしんらつをきわめ、仮借なかった。

彼が本を閉じ、演技相応の拍手をあびているあいだに、私はうしろから彼に歩み寄って、復讐《ふくしゅう》した。文句は出なかったが、こっぴどく横っつらにただ一撃を加えて、私の憤激と恥ずかしさを思いきりあらわした。そのあとすぐ授業が始まり、先生は、私の以前の友人がほおを赤くはらして、めそめそ泣いているのに気づいた。おまけに彼は先生のお気に入りだった。

「君をそんなめにあわせたのはだれだ？」

「あのカーメンチントです。」

「カーメンチント、前に出ろ！　ほんとか。」

「ええ、そうです。」

「なぜおまえは彼をぶったのだ？」

返事が出なかった。

「なんの理由もなかったのか。」

「はい。」

こうして私はひどく罰せられたが、冷静にストア派学者きどりで、罪なくして責め苦にあった者の喜びにひたった。しかし私はストア派の学者でも聖者でもなく、一介の生徒にすぎなかったから、罰を受けたあとで、敵に向かって、せいっぱい長く舌を出した。先生はあきれて私の方に突進して来た。

「恥ずかしいと思わんか。それはなんたることだ?」

「あそこにいるやつが下劣なやつで、私が彼をけいべつしているということです。それにあいつはまた卑怯《ひきょう》ものです。」

こうして、役者との私の友だち付き合いは終わった。彼のあとがまは見つからず、私は成熟期の少年時代の数年を、友だちなしで過ごさねばならなかった。しかしそののち、私の人生観や人間観はいくどか変わったけれど、あの横っつらへの一撃を思い出すごとに、深い満足をおぼえる。あの金髪の男もあれを忘れずにいるだろう。

十七歳の時、私はある弁護士の娘に恋をした。彼女は美しかった。私は、一生を通じいつも非常に美しい女性にだけ恋したことを誇りにしている。彼女のため、ほかの女性のため、私がどんなに悩んだかは、別の機会に語ろう。彼女はレージー・ギルタナーといい、いまでも、私などとはまったく別な男に愛されるにふさわしい人である。

当時、私の全身にういういしい青春の力がたぎっていた。私は、友だちとめちゃくちゃなつかみあいをやり、レスリングでも、テニスでも、競走でも、ボートでも、最も優秀な腕まえであることを誇りとしていた。しかも同時にたえず憂うつだった。それは恋愛事件とはほとんど関係がなかった。早春の甘い憂うつがほかの人より強く私をとらえたまでのことだった。それで私は、いろいろ悲しい想像や、死の思いや、厭世《えんせい》的な観念に喜びを感じた。むろん、ハイネの「歌の本」の廉価《れんか》版を読めと貸してくれた級友もいた。実際それは、読むなどというのではなく、私は空虚な詩句の中に、あふれる心を注ぎこみ、ともに悩み、ともに詩を作り、叙情的な熱中にはまりこんだ。それはおそらく子ブタがシャツを着たような格好だったろう。それまで私はおよそ「文学」などというものはまったく知らなかった。ところが、いまはレーナウ、シラーと続き、ゲーテとシェークスピアときた。文学というあおざめた幻影が、とつぜん大きな神になったのである。

これらの本から、地上にはついぞ存在しなかったが、真実であり、いまは私の感動した胸に波を立て、その運命を体験しようとしている生命のにおわしく冷たい生気が、私の方に流れ寄せてくるのを、私は甘い身ぶるいをもって感じた。屋根裏べやの読書する片すみには、近くの塔の時計の時を打つ音と、そのそばに巣くっているコウノトリのかさかさした口ばしの音しかはいって来なかったが、そこでゲーテやシェークスピアの人物が私のところに出たりはいったりした。いっさいの人間的本質の神々《こうごう》しい点とこっけいな点とが、私にもわかってきた。われわれの分裂した、抑制しがたい心のなぞ、世界史の深い本質、精神の力強い奇跡などが、わかってきた。この精神こそ、われわれの短い一生を光で満たし、認識の力によってわれわれの小さな存在を永遠必然なものの領域に高めるものである。狭い明り取りの窓から頭を突き出すと、屋根や狭い小路《こうじ》に太陽が照るのが見え、仕事や日常生活のささやかなざわめきが雑然とのぼって来るのが異様に聞こえ、偉大な精神に満たされた屋根裏べやの孤独と神秘が、ことのほか美しいおとぎ話のように私を取り巻くのが感じられた。しだいに、多くのものを読むにつれ、屋根や小路や日常生活を見おろして、不思議な異様な感じに心を打たれるにつれ、いよいよたびたび、自分も予言者のひとりであるかも知れない、自分の前にひろがっている世界は、私が世界の宝の一部を掘り起こし、偶然な卑俗なもののおおいを取り除き、発見したものを詩人の力によって衰滅の手から奪い取り、永遠化するのを待っているのかも知れない、という感じが、ためらいがちに胸苦しく私の心にわきあがってくるのだった。

恥じらいながら私は少し詩を作り始めた。しだいに数冊の手帳が、詩や草案や短編で埋まっていった。それはなくなってしまったし、おそらく価値の乏しいものであったろうが、私の胸をときめかせ、ひそかな喜びを与えてくれるのに、十分だった。これらの試作に次いで、ごく徐々に批評と自己批判が行なわれたが、最後の学年になってはじめて、避けがたい最初の大きな幻滅が訪れた。私はもう自分の処女作のころの詩を始末し、自分の書いたものをなんでも不信の目で見はじめていた。そのころ偶然ゴットフリート・ケラーの数巻を手に入れて、すぐ二度、三度と続けさまに読んだ。そこで、自分の未熟な夢想が、純粋なきびしい真実の芸術にどんなに遠かったかということを、はっと悟って、自分の詩や小説を焼き、たまらない二日酔いのような気持ちで、味気なく悲しく世の中を見つめたのだった。

二

恋愛のことを語るとなると――この点で私は生涯《しょうがい》、少年の域を脱しなかった。私にとって女性に対する愛は常に、心をきよめる思慕であった。私の憂愁から真っすぐに燃えあがった炎であり、青い空にさしのばされた祈りの手であった。母の感化で、また自分のぼんやりした感じから、私は女性をすべて、未知の美しいなぞの種族で、生来の美しさと統一のとれた性質によってわれわれよりまさっており、星や青い山頂のようにわれわれから遠く離れ、神により近いように思われるので、神聖視しなければならないものとして、あがめていた。ところが、きびしい生活がそれにさんざんカラシを振りかけたので、女性の愛は、甘さと同じくらい苦渋を私になめさせた。実際、女性は終始高い台の上に立っていたが、私のほうでは、礼拝する司祭のおごそかな役割があまりにも簡単に、愚ろうされた愚か者の居たたまらないこっけいな役割に変わってしまった。

私は食事に行くごとに、ほとんど毎日レージー・ギルタナーに会った。十七歳の少女で、しっかりした、しなやかなからだつきだった。トビ色を帯びた細いみずみずしい顔に、静かな心のこもった美しさが現われていた。彼女の母がそのときもまだ持っていた美しさ、その前に祖母も曾祖母《そうそぼ》も持っていた美しさであった。この古い祝福された名門からは、代々たくさんの美人が輩出した。いずれも静かで気品高く、みずみずしく高貴で、非の打ちどころのない美人だった。知られざる名匠の手になる、フガー家の少女の像である。十六世紀に描かれたもので、私の目に触れた肖像で最も甘美なものの一つである。ギルタナー家の婦人はそれに似ており、レージーもそうであった。

そういうことは、私は当時もちろんなにも知らなかった。ただ彼女が静かな朗かな品位をもって歩くのを見、彼女の飾りけない人となりのけだかさを感じていただけである。そういう夕方、物思いにふけりながら、たそがれの中にすわっていると、私は彼女の姿をまざまざとはっきり思い浮かべることができた。すると、甘いひそかな身ぶるいが、少年らしい魂をかすめていった。だが、まもなくこの楽しい瞬間は曇り、にがい苦痛を与えるようになった。彼女は私にとってまったく無縁で、私を知りもしなければ、たずねたこともないのを、そして私の美しい夢の像などは、彼女という祝福されたものに対し盗みを働いて得たものにすぎないのだということを、私はとつぜん感じた。そのことを鋭く胸に痛く感じるごとに、彼女の姿がいつも、瞬間的にではあるが、実に真実に、呼吸しているように生き生きと目の前に浮かぶのだった。それで暗い熱い大波が私の胸にあふれて、一ばん末端の脈にまで異様な苦痛を与えるのだった。

昼間、授業の最中や、つかみあいの最中に、この大波がやって来ることがあった。そうすると、私は目を閉じ、両手をたれ、なまあたたかい深淵《しんえん》にすべりこんで行くのを感じた。先生に呼ばれたり、仲間にげんこつを食わされたりして、私はやっとわれにかえるのだった。私は逃げ出して、外にかけ出し、不思議な夢見ごこちで周囲を見た。すると、すべてのものがどんなに美しく多彩で、光と呼吸がどんなに万物に流れているか、川がどんなに緑に澄んでいるか、屋根がどんなに赤く、山がどんなに青いかに、私はとつぜん気づいた。だが、自分を取り囲むこの美しさは、私の気をまぎらしてくれなかった。私はそれをしんみり悲しく味わった。すべてが美しければ美しいほど、それにあずかることなく、のけものになっている私には、一そうよそよそしく見えた。そのため私の重い心は、レージーのもとへ帰って行くのだった。いま自分が死んだら、彼女はそれを知らず、たずねもせず、悲しみもしないだろう、と思って!

しかし、私は彼女に気づかれたいとは思わなかった。なにか彼女のために前代未聞《みもん》のことをするか、そういう贈り物をしたかったが、だれからということが彼女にわからないようにしたかった。

実際、私は彼女のためにいろいろなことをした。ちょうど短い休暇が来たので、私はうちへ帰された。そこで毎日ありとあらゆる力わざをやったが、すべてレージーに敬意を表するというつもりでやった。困難な山頂に、一ばんけわしい側から登った。湖水では、小舟で遠い距離を短時間でとばすという極端な漕ぎ方をした。そのあとで、すっかり日に焼け、空腹になって帰って来ると、私は、晩まで飲まず食わずでいよう、と思いついた。すべてレージー・ギルタナーのためだった。私は彼女の名と賛美とを遠い山背《やまのせ》へも、前人未到の峡谷へも運んで行った。

同時に、教室で小さくなっていた私の青春が、こういうことで欲望を満たした。肩は力強く張り、顔と背首は日焼けし、いたるところで筋肉がひろがり、ふくれた。

休暇の最後の日の前日、私は愛人のために花のささげものをするのに苦心した。

あちこちの心をひくようながけの、細い土の帯に、ミヤマウスユキソウが咲いているのを、私は知ってはいたが、においも色もない病的な銀色の花は、いつも魂がないようで、あまり美しくなく思われた。そのかわり、数本のさびしいシャクナゲの株が咲いているのを、私は知っていた。肝をひやすような絶壁のくぼんだ所に吹きこめられた、おそ咲きの花で、心をひかれたが、近よりがたかった。だが、どうしてもやらなければならなかった。青春と恋とに不可能なものはないから、私は手をさんざんすりむき、ももをけいれんさせて、ついに目標に達した。強い枝を用心深く切り取って、獲物を手にした時、足場が不安だったので、歓声をあげることはできなかったが、私の胸は喜びのあまりヨーデルン調をかなで、わめいた。花を口にくわえ、壁に背をむけて引き返さねばならなかった。むてっぽうな私がどんなにしても、無事にがけの下にたどりついたかは、神さまだけがご存じである。山のどこを見ても、シャクナゲの花はとっくに盛りが過ぎていた。私は、つぼみをつけ、やさしく咲いているこの年の最後の枝を手にしていたのだった。

翌日、私は五時間の旅行のあいだじゅう花を手に持っていた。はじめのうち、私の胸は美しいレージーのいる町に向かって強くときめいたが、高い山脈が遠のくにつれ、生まれつきの愛着がそれだけ強く私をうしろにひっぱった。私はいまでもあの汽車の旅をよく覚えている！　ゼンアルプの峠はもうとっくに見えなくなっていたが、いまはこののこぎりのような前山がつぎつぎと姿を没した。その一つ一つがなんとも言えない切ない気持ちで私の胸から離れて行った。いよいよ故郷の山々は全部消えてしまって、広い低い淡緑色の景色が迫って来た。最初の旅の際は、こんなことにまったく心を動かされなかったが、こんどは、ますます平らになる国へ深くはいっていくにつれ、故郷の山と市民権をこれっきり失うように宣告されでもしたように、私は不安と心配と悲哀にとらえられた。同時にレージーの美しい細おもてがたえず目の前に浮かんだ。それが実に美しくよそよそしく冷たく、私のことになんか無関心だったので、私は腹だたしさと苦痛に息が詰まりそうだった。すらりとした塔や白い破風《はふ》の見える明るい清潔な村落がつぎつぎと窓をかすめて行った。人々が乗ったりおりたり、話をしたり、あいさつをしたり、笑ったり、タバコを吸ったり、しゃれを言ったりした。――陽気な低地の人々、じょさいのない、こだわりのない、みがきのかかった人々ばかりだった――高地の鈍重な若者である私は、そのあいだに無言で悲しげに、むっつりすわっていた。自分はもう故郷にはいないのだ、山々から永久に引き離されてしまったのだ、と感じ、やっぱり自分はけっして低地の人のようには、あんなに楽しく、じょさいなく、愛想《あいそ》よく、自信たっぷりにはなれないだろう、と感じた。こういう人たちのひとりが、いつも私を物笑いの種にするだろう。こういうひとりが、いつかギルタナーと結婚するだろう。こういうひとりが、いつも私の道をふさぎ、一歩さきんじるだろう。

そういう考えを町まで持ちこんで来た。町に着くと、あいさつもそこそこに屋根裏べやにあがって、箱を開き、大きな紙を取り出した。ごく上等の紙ではなかった。そしてシャクナゲをくるんで、わざわざ家から持って来たひもでその包みをしばったが、どう見ても、恋の贈り物のようには見えなかった。しかつめらしく私はそれを、ギルタナー弁護士の住んでいる通りへ持って行った。そして、最初のぐあいのよい瞬間を逸せず、開いている門を通り、たそがれ時で薄暗くなっている玄関を少し見まわしてから、ぶかっこうな包みを広い堂々とした階段に置いた。

私はだれにも見られなかった。レージーが私の敬意のしるしを目にとめるにいたったかどうかも、私はついに知らずにしまった。だが、花の一枝を彼女の家の階段に置くために、私は絶壁によじのぼり、命をかけたのだった。そこには、なにか甘いもの、悲しく楽しいもの、詩的なものがあった。私はそれを快く思った。いまでもなおそう感じている。ときおり、神を見失ったような時にだけ、あの花の冒険は、その後の恋愛事件のすべてと同様に、ドン・キホーテ的な向こう見ずだったと思われるのである。

この初恋はついに終わることなく、懸案のまま解決されず、私の青年時代に余韻を伝え、おとなしい姉のように、その後の恋愛事件の道づれとなった。いまなお、あの若い、生まれの良い、静かなまなざしをした、名門の令嬢より高貴なもの、純粋なもの、美しいものを考えることはできない。数年後ミュンヒェンの歴史展覧会で、無名画家の描いたフガー家の娘のなぞのように愛らしい肖像画を見た時、自分の熱狂的だった悲しい青年時代の全体が、自分の前に現われ、底知れない目で深くぼうぜんと私を見つめているように思われた。

しかし私は徐々に慎重に脱皮して、しだいにひとりまえの青年になりきった。当時うつした写真を見ると、骨ばった、高く伸びた百姓の若者で、粗末な学生服を着、いくらかどろんとした目をし、できあがっていない、無骨なからだつきをしている。頭だけは、いくらか早熟でかたまったところを持っている。一種の驚きをもって、私は自分が少年時代の生活態度を脱却していくのを見、ばくぜんとした期待の喜びをもって大学時代を待ちうけた。

私はチューリヒの大学で勉強するはずだった。そして特別成績の良い場合は、研究旅行もさせてやる、と私の保護者は言ってくれた。そのすべてが私には、美しい古典的な一幅の絵のように思われた。ホメロスやプラトンの胸像のある、荘重で親しみのある園亭《えんてい》があって、その中にこしかけて私は大型の本の上にかがみこんでいる。どちらを向いても、町や海や山や美しい遠景が、ひろびろと明るく見わたせる、というような図だった。私の態度は冷静さを増していたが、感激性をも加えていた。私は、将来の幸福を楽しみながら、それにあたいするようになってみせるという確信をいだいていた。

最後の学年に、私はイタリア語の勉強と、はじめて知った古い小説家とに心をひきつけられたが、それをもっとつっこんで研究することは、チューリヒ大学でやりたい勉強の筆頭として保留しておいた。やがて、先生たちや、宿のおやじに、さよならを言う日が来た。私は小さい箱を荷造りし、くぎを打ち、快い悲しみをいだいて、レージーの家のあたりをそぞろ歩きながら、いとまを告げた。

そのあとにきた休暇は、私ににがい人生の毒味をさせ、美しい夢の翼をたちまち荒っぽく引き裂いてしまった。まず母が病気になっていた。床についていて、ほとんど口をきかず、私が帰って来たと言っても、うれしがりもしなかった。私は、愚痴は言わなかったが、自分の喜びと若い誇りに反応が見いだせないのは、やっぱり苦痛だった。それから父は、私が大学で勉強しようというのに、なにも反対はしないが、その金を出すことはできない、わずかな奨学資金で足りなければ、自分で必要な分をかせぐようにするほかはない、おまえの年ではわしはもうとっくに自分で食っていた、などと説明した。

歩きまわったり、舟を漕《こ》いだり、山登りしたりすることも、こんどはたいしてしなかった。うちや畑で一しょに働かなければならなかったし、半日ひまがあっても、なにをする気にもならず、本を読む気にもならなかったからである。卑俗な日常生活が大きな口をあけて、権利を要求し、私が持ち帰ったあふれる自負心をすっかり食ってしまうのを見るのは、腹だたしくもあり、うんざりもした。それはそうと、父は、金の問題をざっくばらんに言ってしまうと、例の調子で荒っぽくぶっきらぼうではあったけれど、私に対して不親切ではなかった。それでも、私はうれしいとは思わなかった。私の学校教育と書物とが、ひそかな、半ばけいべつ的な尊敬の念を父に吹きこんだことも、私の心を乱し、悲しませた。そんなとき、私はたびたびレージーのことを思い出したが、自分はあの「世間」ではたのもしい器用に立ちまわる人間にはとうていなれない、という百姓らしいいくじなさを、ひとりぎめに感じて苦しんだ。それればかりか、私は幾日も、いっそ自分はいなかにとどまって、ラテン語も希望も、みじめな故郷の生活のしつこい暗い重圧のもとで忘れるほうが、よりよいのではないか、と考えさえした。思い悩み、むしゃくしゃした気持ちで、私は歩きまわった。病んだ母の寝床のかたわらにすわっても、慰めもおちつきも見いだせなかった。ホメロスの胸像の立っている、あの夢の園亭の光景が、あざけるように現われた。私はそれを打ち砕き、さいなまれた私というもののあらゆる憤《いきどお》りと敵意とをその上に注いだ。数週間が耐えがたく長く感じられた。不満と分裂との絶望的なこの時日のために、自分の青春全体を失うかと思うばかりだった。

人生が私の幸福な夢をこんなに早く徹底的に打ち砕くのを見ると、私は驚き、憤慨したが、こんどは、現在の苦悩を征服する者が、ふいに力強く現われたのに、驚く情況になった。人生は、私に灰いろの日常生活の面を示してきたのだが、いまは突然、永遠の深さをもって、私のとらわれた目の前に現われ、単純で力強い経験を私の青春に背負わせたのだった。

暑い夏のある朝、早く、私は床の中でのどがかわいたので、起きあがって、台所に行こうとした。そこには、いつも、新しい水を入れたおけが置いてあった。それには、どうしても両親の寝室を通らねばならなかった。すると、母の異様なうめき声が耳についた。私は寝台に歩み寄ったが、母は、私を目にとめず、返事もせず、ひとりでかさかさなおびえたうめき声を出し、まぶたをぴくぴくさせ、青白い顔をしていた。私はいくらか不安にはなったが、かくべつそれに驚きはしなかった。だが、それから彼女の二本の手が、じっと、眠っているあまさんのように、敷布の上にのっているのが見えた。この手によって、母は死にかかっていることが、わかった。生きている人には見られないような、異様に疲れはてた、意志を失った手だったからである。私は、のどのかわきを忘れて、寝床のかたわらにひざまずき、病人のひたいに手をのせ、母のまなざしをとらえようとした。その目が私の目にぶつかった時、それはやさしい、悩みのないまなざしをしていたが、もう消えかかってい た。隣で荒い息をしながら眠っている父を起こさなければならない、ということに私は気づかなかった。それで私はかれこれ二時間もひざをついて、母の臨終を見ていた。母は、いかにも母らしく、静かに厳粛にけなげに死に臨み、私に良い手本を示した。

小さいへやは静かで、明けゆく朝の光に徐々に満たされた。家も村も眠っていたが、私はしばらくのあいだ、心の中で、死んでいく母の魂につきそい、家や村や湖や雪の山頂を越え、清らかな早朝の空の冷たい自由な世界へはいって行った。私はほとんど苦痛を感じなかった。大きななぞが解けて、一生の環《わ》がかすかに震えながら閉じるのを見ることができて、驚きと恐れあがめる思いにあふれていたからである。また、死んでいく人の、悲鳴をもらさぬけなげさが、非常に崇高だったので、そのきびしい栄光から、冷水のように澄んだ光が私の魂の中にもさしこんで来た。父が隣で眠っていること、司祭がおらず、天に帰って行く魂に伴って、これをきよめる聖礼も祈りも行なわれていないことも、私は感じなかった。ほの明るくなるへやに、永遠の、心おののかすいぶきが流れ、私というものと溶けあうのを感じるばかりだった。

最後の瞬間に、目の光がもう消えてしまってから、私は生まれてはじめて、母の冷たいしおれた口にキスした。すると、その接触の異様な冷たさがからだに伝わって、私は思わずぞっとした。寝台のふちにこしかけていると、大つぶの涙がぼろぼろとしずかに、ためらいがちに、ほおに、あごに、手に流れるのを、私は感じた。やがて父が目をさまし、私がこしかけているのを見て、寝ぼけて、どうしたんだ、と呼びかけた。私は答えようと思ったが、なにも言えず、へやを出て、夢うつつで自分のへやへ行き、ゆっくり、無意識に服を着た。まもなく父がやって来た。

「おふくろが死んだ」と彼は言った。「おまえは知っていたのか。」

私はうなずいた。

「なぜわしを起こさなかったのだ？　坊さんも立ち会わなかったんだぞ！　おまえのようなやつこそ——」彼はひどくののしった。

すると、血管が一本破裂でもしたように、私は頭のどこかが痛むのを感じた。私は父に歩み寄って、しっかりと両手をとった——強さにかけては、父は私に比べ、子どものようだった——そして父の顔をのぞきこんだ。私はなにも言えなかったが、父はじっと胸苦しそうにしていた。それからふたりで母のところへいくと、さすがに父も死の力に打たれ、異様な厳粛な顔をした。それから父は死んだ母の上に身をかがめ、ごくかすかに子どものように泣き始めた。まるで小鳥のように、高い弱い声だった。私は外へ出て、近所の人たちに知らせた。皆は、私の言うことを聞き、なにもたずねず、私に手をさしのべ、頼みになる人のいなくなった私たちの家のことを手伝おう、と言ってくれた。ある人は、神父を迎えに僧院へかけつけた。私が家に帰ると、もう隣の女の人が私たちの家畜小屋で雌牛の世話をしていた。

司祭が来た。土地の女たちもほとんどみんな来た。なにもかも、ひとりでのように、きちょうめんに正しく行なわれた。棺《ひつぎ》さえ、私たちが手出しをしなくても、用意された。故郷にいること、ささやかながらたよりになる隣組の一員であることは、難渋した時にはどんなに良いものであるかを、私ははじめてはっきり知ることができた。翌日、私はそれをもっと深く考えてみるべきだったろう。

棺が祝福を受け、墓に沈められ、悲しく古風な、けばだったシルクハットをかぶった奇妙な人々の群れが姿を消し、父のシルクハットも、皆のと同様、戸だなの箱の中におさまってしまうと、哀れな父は急に気が弱くなった。急にわれとわが身をあわれに思い、妻を葬《ほうむ》ったいま、息子までよそに行き、いなくなるのを見なければならぬ自分のみじめさを、奇妙な、大部分聖書の言いまわしで、私に向かってこぼした。それがはてしなく続いた。私は驚いて聞いているうちに、家に踏みとどまろう、と父に約束しそうな気になりかけた。

その瞬間、もう返事をしかけた時、なにか不思議な気持ちが起こった。とつぜん、たった一秒間のことであるが、私が幼いころから考え、願い、あこがれていたいっさいのことがひとかたまりになって、ふいに開かれた心の目の前に、現われたのだった。大きな美しい仕事が、読むべき本が、書くべき本が、自分を待っているのが見えた。南風《フェーン》の吹くのが聞こえ、はるかな幸福な湖や岸が南国の色彩に輝いているのが見えた。賢い精神的な顔をした人々や美しい淑女たちがそぞろ歩いているのが見えた。道路が続き、峠がアルプスを越え、汽車が国々を疾走するのが見えた。すべてが同時に見えたのだが、一つ一つが独立してはっきり見えた。それらすべての背後に、走る飛雲のためとぎれてはいるが、明るい地平線の無限の遠景がひろがっていた。勉強、創作、観察、放浪——充実した人生が、ちらっと銀色に輝いて私の眼前に現われた。そして少年時代のように、私の心中のなにかが、無意識な抑えがたい力で、広大な世界に向かってふたたびおののいた。

私は口をつぐみ、父をしゃべらせておき、頭を振るだけで、父の激しい興奮が疲れるのを待った。やっと夕方になって、それが静まった。そこで私は、大学で勉強をする、自分の未来の故郷を精神の国に求める、しかし父に援助を請《こ》いはしない、という堅い決心を宣言した。父はそれ以上私に迫らず、ただせつなげに頭を振りながら私を見つめた。なぜなら、私が今日以後独自の道を進み、彼の生活から急速にすっかり遠のいてしまうのを、父は悟ったからである。今日こうして書きながらあの日のことを思い出すと、あの晩、窓のそばのイスにこしかけている父の姿が目に見えるのである。きつい、抜け目のない百姓の顔が、細い首にじっとのっており、短い髪は白くなりかけている。そのかたくなな、きびしい表情を見ると、苦悩と、急に襲って来た老齢とが、粘り強い男らしさと戦っているのである。

父と、そのとき父の家で過ごした期間のことについては、もう一つ、ささやかではあるが、なかなか重大なできごとについて語っておかねばならない。私の出発前の最後の週のこと、父はある晩帽子をかぶって、ドアの取っ手を握った。「どこへ行くんです？」と私はたずねた。「おまえの知ったことかい？」と父は言った。「悪いことでなかったら、言ったっていいでしょう」と私は言った。すると、父は笑ってどなった。「一しょに来たっていいぞ、おまえだって、もう赤ん坊じゃないんだから。」そこで私は一しょに行った。飲食店だった。数人の百姓がハラウ酒のビンを前にしてこしかけていた。見なれぬ御者がふたり、アブサンを飲んでいた。若い連中のたかっているテーブルでは、トランプでヤス遊びをして、さかんに騒いでいた。

私は、ときおりブドウ酒を一杯飲むことには慣れていたが、必要もないのに居酒屋にはいったのは、はじめてだった。父がしたたかの飲み手だということは、かねてうわさに聞いていた。父はさかんに飲んだため、そのほかの点ではひどくだらしなくするということはなかったのに、家のやりくりはいつもどうにもならないほど困っていた。亭主や客たちが父におおいに敬意を払うのが、私の目についた。父はワートラント酒を一リットル持ってこさせ、私につがせ、つぎ方について私に講釈した。まず低くしてつぎ、それから流れ出るやつをほどよく長くつぎ、最後にまたビンをできるだけ低くさげなきゃいけない、というのだった。引き続いて、いろいろなブドウ酒の話を始めた。彼のなじんでいるのや、都会や南国へでも出かけた時など、まれな機会に味わうことにしているのや、いろいろあった。深紅のフェルトリーン酒については、本気になって、たいしたもんだと言い、それに三とおりの区別をした。それから、ぴんと来る小声でワートラント種とかのビン詰めブドウ酒に言及した。最後に、ほとんどささやくように、おとぎ話の語り手の表情でヌーシャテル・ブドウ酒について述べた。これには、できた年度によって、つぐ時、コップの中に星の形のあわができるのがある、というのだった。父は人さし指をぬらして、その星の形をテーブルの上にかいた。それから、シャンパン酒の特質や味について、とほうもない臆測《おくそく》にふけった。そんなものは、彼は一度も飲んだことはないが、一ビンあれば、大の男ふたりをべろべろに酔わすことができる、と信じていた。

父は口をつぐんで、物思わしげにパイプに火をつけた。そして、私がタバコを持っていないのに気づくと、葉巻きを買えと言って、十ラッペンくれた。それからふたりは向かいあってすわり、煙を顔に吹きかけあい、ゆっくりちびちびと最初の一リットルを飲みほした。黄いろい、ひりっとするワートラント酒は、私には特においしかった。だんだんと、隣のテーブルの百姓たちが話に割りこんで来て、ついにはつぎつぎとせきばらいしながら用心深く私たちのほうに移って来た。まもなく私が中心になった。山登りの名人としての私の評判がまだ忘れられていないことがわかった。いろいろな大胆な登りぶりや、とほうもない墜落ぶりが、神秘的な霧に包まれて、語られた。それを否定するものもあれば、弁護するものもあった。そのうち私たちはもう二リットルめをほとんどあけていた。さすがに目に、血がずきんずきんするほどになった。私はまったくがらになく大声で自慢話を始め、上部ゼンアルプ峰の岩壁に大胆によじのぼり、レージー・ギルタナーのためにシャクナゲを取って来た話をした。皆は信じなかった。私は断言したが、皆は笑った。私はおこった。私の言うことを信じないやつがあったら、だれとでも格闘をしよう、と言い、必要とあれば、皆を束にしてやっつけるつもりだ、という勢いを見せた。すると、年をとって腰のまがった百姓がスタンドへ行って、大きな陶器の徳利《とっくり》を持って来、テーブルの上に倒して置いた。

「おまえさんに話があるがね」と彼は笑った。「おまえさん、それほど強いなら、げんこつでこの徳利を割ってみな。割れたら、その中身だけのブドウ酒をおれたちが払う。おまえさんにそれができなかったら、酒はおまえさんが払うんだ。」

父はすぐさま賛成した。そこで私は立ちあがって、ハンカチを手に巻きつけて、打った。第二撃まではなんのききめもなかった。第三撃で徳利はいくつにも砕けた。

「勘定！」と父はどなって、大満悦で顔を輝かせた。例の老人は承知したふうをした。「よろしい」と彼は言った。「この徳利にはいるだけ、わしが払う。だが、たいしてはいりゃしないよ。」もちろんかけらには半リットルもはいりゃしなかった。私は腕を痛くしたうえ、物笑いになった。父もいまは私をあざわらった。「よし、それじゃおまえの勝ちだ」と私は叫んで、私たちのビンからかけらに一杯ついで、それを老人の頭にぶっかけた。それで、私たちはまた勝利者になり、客たちのかっさいを博した。

こういう悪ふざけはもっと続いた。やがて父は私をひっぱって家へ帰った。私たちは、三週間たらず前にはまだ母の棺が置かれていたへやを、興奮して乱暴にどたばたと通った。私は、死人のように眠った。翌朝はすっかり参って、ずたずたにされたようだった。父は私をからかい、元気で朗らかで、明らかに自分の優越ぶりに悦に入っていた。私は心ひそかに、もうけっして大酒は飲まない、と誓い、出発の日を待ちこがれた。

その日が来て、私は出発した。あの誓いは守らなかった。黄いろいワートラント酒、深紅のフェルトリーン酒、ノイエンブルクの星ブドウ酒、そのほか多くのブドウ酒が、あれ以来私のなじみとなり、良い友となった。

三

故郷の味気ない重苦しい空気の中から飛び出して来て、私は歓喜と自由の大きな羽ばたきをした。私は、一生のあいだにほかの点ではずいぶん失敗を重ねたが、青春時代の独特な熱狂的な享楽《きょうらく》だけは存分に純粋に味わった。花咲く森のはずれに休息する若い戦士のように私は、戦いと浮気《うわき》な戯《たわむ》れとのあいだの幸福な動揺のうちに生きた。予感にあふれる予言者のように、私は暗い深淵《しんえん》のふちに立って、大きな流れやあらしに耳を傾け、万象の協和音といっさいの生命の調和を聞きとろうと、心のそなえをした。深く楽しく青春のあふれる杯を飲み、はにかみながらあがめる美しい女性のために、ひそかに甘い苦しみを悩んだ。また、男性的に楽しい純粋な友情のこのうえなく高貴な青春の幸福をとことんまで味わった。

新しいあや織りの服を着、書物やその他の持ち物をいっぱい詰めた小さい箱を持って、私は汽車でやって来た。世界の一部を征服して、できるだけ早く、故郷の無作法者たちに、私がほかのカーメンチント連とはできの違う人間であることを見せつけてやろう、という意気ごみだった。すばらしい三年間、私は、見はらしのきく、風の強い屋根裏べやに住み続け、勉強し、詩を作り、あこがれ、地上のあらゆる美しさにあたたかくしんみりと包まれるのを感じた。毎日あたたかい料理が食べられたわけではないが、私の心は毎日、毎夜、毎時、強い喜びにあふれて、歌い、笑い、泣き、愛する生活を熱くあこがれつつ抱き寄せた。

チューリヒは、私という青二才のペーターが見た最初の大都会だった。数週間というもの、私はたえず目を見はっていた。都会生活を率直に賛美したり、うらやんだりすることは、思いもよらぬことであった。その点では、私はまさしく百姓だった。しかし、私は往来や家々や人々のさまざまな姿を見て、楽しんだ。馬車でにぎわっている街路、船着き場、広場、公園、豪華な建築、教会などを見物した。勤勉な人々が群れをなして仕事へ急ぎ、学生がぶらぶら歩き、上流の人々が馬車を駆り、しゃれ者が気どり、外国人が歩きまわっているのを、私は見た。流行の粋をこらして、お高くとまった金持ちの婦人たちは、私には、養鶏所におりたクジャクのように、きれいで、偉そうではあるが、少しこっけいに思われた。私はもともと小心ではなかった。ただぎごちなく、意地っぱりなだけだった。それで、自分が都会のこういう活発な生活を徹底的に知って、後日いつかそこに自分の安住の場所を見いだすのには、うってつけの男だということを、私は疑わなかった。

青春は、美しい青年の姿を借りて、私に近よって来た。その人は、同じ町の大学で勉強し、しかも私と同じ建物の二階にきれいなへやを二つ借りていた。毎日彼が下でピアノをひいているのを聞き、私ははじめて、もっとも女性的でもっとも甘美な芸術である言葉の魔力の一端を感じた。それから、きれいな青年が家を出て行くのが見えた。左手に本か楽譜を持ち、右手に巻きタバコを持っていた。その煙が、彼のしなやかなすらりとした歩きぶりのうしろにうずまいていた。私は、彼に対する内気な愛情にひきつけられたが、いつも孤立していたし、彼のように軽快で自由で裕福な人とならんでは、自分の貧しさと無作法さが卑屈に感じられるばかりだったので、そういう人と交際することを恐れていた。すると、彼のほうから私のところへやって来た。ある晩、私のドアをたたく音がした。私は少しぎくっとした。なにせ私は自分の所に訪問を受けたことなど一度もなかったからである。美しい学生がはいって来て、私と握手をし、名を名のり、おたがい旧知であるかのように、屈託なく、陽気に振る舞った。

「ぼくと一しょに少し音楽をやってみる気はありませんかと、たずねたかったのです」と彼はうちとけて言った。だが、私は生まれてからついぞ楽器に触れたことがなかった。私はそう言って、自分はヨーデルン以外なにも芸がないが、あなたのひくピアノはたびたび美しくここまでひびいて来て、心を誘います、とつけ加えた。「とんでもない勘ちがいをするもんだなあ！」と彼は愉快そうに叫んだ。「あなたの外見から推して、音楽家だと思いこんでいたんです。妙だなあ！　だが、ヨーデルンができるんですって？　どうか、ひとつヨーデルンをやってください！　ぜひ聞きたいもんです。」

私はすっかりめんくらって、こんなふうに頼まれて、へやの中でヨーデルンを歌うなんてことは、とうていできない、山の上か、せめて戸外で、まったく自分の気の向いたままにやるんでなくては、と説明した。

「じゃ、山の上でヨーデルンをやってください！　あすにでも？　ぜひ頼みます。夕方にでも一しょに出かけましょう。ぶらぶら歩いて、少しだべってから、きみが山の上でヨーデルンをやる。そのあとでどこか村で晩めしを食べる、ということにしましょう、時間はありますね？」

いかにも、時間はたっぷりあった。私はすぐ承知した。それから、なにかひいてほしい、と彼に頼み、一しょに彼の美しい大きなへやにおりて行った。モダーンな額にはいった数枚の絵や、ピアノや、ある種のしゃれた雑然さや、上品なタバコのにおいが、きれいなへやに、一種ののびのびした快い優雅さと、住みごこちのよい気分をただよわせていた。それは私にはまったく目新しかった。リヒャルトはピアノに向かってこしかけ、数小節ひいた。

「これは知ってるでしょう、ね？」と彼は私のほうにうなずきかけた。ひきながら美しい顔をこちらに曲げて、晴れがましく私を見つめて言う表情が、実にすばらしかった。

「いいえ」と私はいった。「ぼくはなにも知りません。」

「ワグナーです」と彼はうしろに向かって叫んだ。「マイスタージンガーの一節です。」彼はひき続けた。それは軽快に、力強く、せつせつと、朗らかにひびいて、興奮させるお湯のように私を包んで流れた。同時に私は、ひいている人のすらりとした首筋と背中と、白い音楽家らしい手を見つめて、ひそかな喜びを感じた。そうしていると、以前あの髪の黒い生徒を見つめたとき感じたのと同じ愛情と尊敬の内気な賛嘆の気持ちがあふれてきた。それには、この美しい上品な人がほんとに私の友だちになるかもしれない、そしてこういう友情を求める私の昔からの、念頭を去らぬ願いを実現させてくれるかもしれない、という予感が伴っていた。

その翌日、私は彼を誘いに行った。ゆっくりと雑談しながら私たちは小高い丘に登り、町や湖や公園を見わたし、いよいよという前のこころよい美しさを味わった。「さあ、ヨーデルンを歌いたまえ！」とリヒャルトは叫んだ。「これでもまだ恥ずかしいなら、ぼくに背中を向けたまえ。さあ、どうぞ、大きな声で！」

彼は満足しただろう。私は、バラ色の広い夕げしきに向かって、狂うように、こおどりするように、あらゆる調子と節まわしでヨーデルンを歌った。私がやめると、彼はなにか言おうとしたが、すぐに思いとどまり、耳を澄ましながら山の方を指さした。遠い丘から返事が来た。かすかに、長く尾を引いて、ふくらんで。――牧人か旅びとのあいさつだったろう。私たちは静かに楽しく耳を傾けた。こうやって一しょに立って、耳を澄ましていると、私は、はじめて友だちと並んで立ち、ふたりで、美しい、バラ色の雲に包まれた広い人生を見るのだ、という感じに胸がいっぱいになって、甘美な身ぶるいを覚えた。夕べの湖は柔らかい色彩の変化の戯れを始めた。日没の直前に、溶けていくもやの間から、ものすごいぎざぎざのあるアルプスの山頂の不敵な姿がいくつか浮かび出た。

「あすこがぼくの故郷です」と私は言った。「まんなかの絶壁が赤い壁、右のがガイスホルンで、左のずっと遠方に、丸いゼンアルプ峰が見えます。ぼくがはじめてあの広い丸い頂上に登ったのは、十歳と三週間の時でした。」

私は、もっと南よりの峰をつきとめようと、目を見はった。しばらくしてリヒャルトはなにか言ったが、私にはわからなかった。

「なんて言ったんですか」と私はたずねた。

「あなたがどういう芸術をやっているかが、やっとわかった、と言ったのです。」

「いったいどんな芸術だと言うんです？」

「あなたは詩人です。」

そう言われると、私は赤くなり、腹だたしくなったが、同時に、どうして彼がそれを見抜いたのか、と驚いた。

「いや」と私は大きな声で言った。「ぼくは詩人なんかじゃない。なるほど学校で詩を作ったことはあるけれど、いまではもう久しく、まったく作っていません。」

「いつか見せてもらえますか。」

「焼いてしまいました。たとい持っていたとしても、見せるわけにはいかないでしょう。」

「きっと非常にモダーンなもので、多分にニーチェばりだったでしょうね?」

「それはなんですか。」

「ニーチェのことですか。おやおや、あなたはニーチェを知らないんですか。」

「知りません、知るわけがありませんよ。」

私がニーチェを知らないというので、彼はすっかり喜んでしまった。しかし、私は腹だたしくなって、きみはこれまでどのくらい氷河を越したことがあるか、とたずねた。彼が一つも越したことがない、と言うと、私は、彼がいましがた私に対してしたと同様に、あざけるような驚きを示した。すると彼は私の腕に手をのせて、ひどく真剣に言った。「あなたはおこりっぽいが、うらやましいほど純真な人間だということを、そしてそういう人はどんなに少ないかということを、あなた自身ぜんぜん気づいていない。ねえ、一年か二年たてば、ニーチェだとかなんとかいうものは、みんな知るようになりますよ。ぼくよりずっとよく。なにせあなたはぼくより徹底的で利口ですからね。しかし、いまあるがままのあなたが、ぼくは好きなんです。あなたはニーチェもワグナーも知らないが、たびたび雪の山に登ったことがあり、たくましい高地の人の顔をしています。まぎれもなく、あなたは詩人でもあるのです。目つきと額を見ればわかります。」

彼がこんなに率直にこだわりなく私をながめ、意見をさらけ出すのが、私には意外に、そして尋常でないように思われた。

だが、一週間後、お客の多いビヤガーデンで、彼が私と兄弟の契《ちぎ》りを結び、みんなの前で飛びあがって、私にキスし、私を抱いて、狂気のように、私と一しょに食卓のまわりを踊った時は、私の驚きと幸福はなおはるかに大きかった。

「みんながなんと思うかわからないよ！」と私は、はらはらしながらたしなめた。

「あのふたりは途方もなく幸福なんだ、でなければ、ひどく酔っぱらっているんだ、と考えているだろう。だが、たいていのものはなにも考えていやしないだろう。」

だいたいリヒャルトは、私より年上で、利口で、育ちもよく、なにごとにつけてもよく心得ており、洗練されていたけれど、私と比較すれば、ほんとの子どものように思われることが多かった。往来で、まだおとなになっていない女学生に、改まった、人をばかにしたような丁寧なあいさつをするかと思うと、極度に厳粛なピアノの曲をふいに中断して、まったく子どもじみたしゃれを言った。あるとき、冗談半分に教会にはいると、説教のまっさいちゅうに彼はだしぬけに、思案顔でたいそうなことのように私に言った。「ねえ、きみ、あの牧師はおいぼれウサギに似てると思わないかい？」比較はあたっていたが、そんなことはあとで言ってもよさそうだと思ったので、私は彼にそう言った。「ほんとだとしたらさ！」と彼は不服そうに言った。「あとでなんて言ってると、ぼくはきっと忘れてしまうんだ。」

　彼のしゃれはいつも機知に富んでいるわけではなく、ブッシュの詩句を引用するにすぎないことも、しばしばだったが、私にしてもほかの人たちにしても、そんなことはなんとも思わなかった。なぜなら、私たちが彼を愛し賛嘆したのは、しゃれや精神のゆえではなくて、いつでも彼の中からわき出して、軽い陽気な雰囲《ふんい》気《き》で彼を包む、明るい無邪気な人となりの、抑えようのない明朗さのゆえだったからである。あの明朗さは、身ぶりにも、しのび笑いにも、快活なまなざしにも現われてきて、長いあいだ隠れていることはできなかった。彼は眠っている時でも、ときおり笑ったり、愉快な身ぶりをしたりしたに違いない、と私は信じている。

リヒャルトはたびたび私をほかの若い人たちと一しょにさせた。学生や、音楽家や、画家や、文士や、各方面の外国人などだった。なにせ町をうろうろしているような、おもしろい、ふうがわりな芸術好きの人物は、たいてい彼と交際していたからである。なかには、哲学者や、美学者や、社会主義者で、激しく戦っている真剣な精神の人も少なくなかった。私は多くの人からおおいに学ぶことができた。あらゆる方面からの知識を私は断片的に覚えた。私はそれを補い、かたわらさかんに読書した。こうして私は徐々に、なにが時代のもっとも活動的な頭脳を悩まし捕えているかについて、ある観念を得るようになった。そして精神的なインターナショナルに対し、有益な刺激的な透察を持った。その願望や、予感や、仕事や、理想は、私にも魅力があり、よくわかった。もっとも、強い固有の本能に駆られて、その主張のために、あるいはそれに反対して、ともに戦うということはしなかった。大多数の人は、思想や情熱の全精力を、社会や国家や学問や芸術や教育法の現状や施設に集中しているようだった。しかし、外的な目的を持たずに、自分自身を築きあげ、時間と永遠とに対する個人的な関係を明らかにしようという要求を知っている人は、ごく少数であるように思われた。私自身にしても、この欲求はまだおおむね仮睡の状態にあった。

私はリヒャルトをひたすらに愛し、しっと心をもっていたくらいだから、ほかに友情を結びはしなかった。彼はしきりに女性と親しく交わっていたが、そういう女性からも彼を遠ざけよう、と私は努めた。彼と約束したことは、どんなささいな約束でも、私はきちょうめんすぎるくらいきちんと守り、彼に待たされでもすると、かんしゃくを起こした。あるとき、彼は、これこれの時間にボートを漕《こ》ぎに行くため呼びに来てくれ、と私に頼んだ。私が行くと、彼はるすで、三時間も待ちぼうけを食った。翌日、私は彼のずぼらぶりを激しく責めた。

「それなら、なぜきみはひとりでさっさと漕ぎに行かなかったのさ？」彼はけげんそうに笑った。「そのことはすっかり忘れていたんだよ。どっちにしたって、なにもめそめそすることはないじゃないか。」

「ぼくは約束はちゃんと守る習慣なんだ」と私は激しく答えた。「だが、もちろん、きみはどこかにぼくを待たせておいても、平気なんだということに、ぼくも慣れっこになっている。きみみたいに友だちがたくさんあればね！」

彼は、あきれはてたように私を見つめた。

「そうかい、きみはつまらんことを一々そんなにまじめにとるのかい？」
「ぼくの友情にとっちゃつまらんことじゃない。」

「このことば、性根にしみたれば、
即座に改心を誓い申したり」

リヒャルトはもったいぶってこの詩を引用し、私の頭をつかみ、東洋風の愛情の習慣をまねて、鼻の先を私の鼻の先にこすりつけ、私を愛撫《あいぶ》した。私はやりきれなくなって笑いだし、逃げ出した。だが、友情はまた元どおりになった。

私の屋根裏べやには、借りて来た、しばしば高価な本で、近代哲学者や詩人や批評家のもの、ドイツやフランスの文学評論雑誌、新しい脚本集、パリの文芸紙、ヴィーンの流行鑑賞家のものなどがあった。どんどん読んでしまうこういうものより、古いイタリアの小説家や歴史研究を、私はもっと真剣に愛情をもって読みふけった。私の願いは、できるだけ早く哲学をかたづけて、ひたすら歴史を研究することであった。私は、全史や歴史的方法に関する著作のかたわら、特にイタリアやフランスにおける中世後期の時代に関する資料や個別研究を読んだ。そのときはじめて私は、およそ人間の中で愛する人物、アシジの聖フランシスを、あらゆる聖者の中でもっとも祝福された神々《こうごう》しい聖者を、詳しく知るようになった。私は、それまでに夢の中で、豊富な生活と精神が自分の前に開かれるのを見ていたが、それが日ごとに真実となり、野心と喜びと青春の自負をもって私の心を熱くしていった。講堂では、まじめな、いくらか渋い、往々いくらか退屈な学問を聞かねばならなかったが、うちでは、中世のしっとりと敬虔《けいけん》な、あるいは恐ろしい物語や、あの楽しい古い小説家のものに親しんで、その美しい快い世界に、さながら影の多い暗いおとぎ話の一角にいるかのように包まれた。あるいは、近代の理想や情熱の激浪が私の頭上を乗り越えて行くのを感じた。そのあいだに、音楽を聞き、リヒャルトと笑い、友人たちの会合に加わり、フランス人やドイツ人やロシア人と交際し、ふう変わりなモダーンな本の朗読を聞き、あちこちで画家のアトリエにはいったり、えたいの知れぬ興奮した若い連中がおおぜい現われる夜の集まりにも出て、空想的な謝肉祭のような空気に包まれた。

ある日曜日、リヒャルトは私を連れて、新しい絵画の小さい展覧会を見に行った。

友だちは、数頭のヤギをあしらった高原の牧場を描いた絵の前に立ちどまった。念入りにきれいにかけてはいるが、少し時代おくれで、実際ほんとの芸術的なしんが欠けていた。どこのサロンに行っても、そういう小ぎれいだが、あまり意味のない小品は、いくらでも見られる。それにしても、故郷の高原牧場のかなり忠実な描写を、私はうれしく思った。この絵のどこに心をひかれるのか、と私はリヒャルトにたずねた。

「これだよ」と言って彼は、すみっこの画家の名を指さした。赤茶色の文字は判読できなかった。「この絵は」とリヒャルトは言った。「たいした作品ではない。もっと美しいのがある。だが、これをかいた人より美しい女流画家はいない。エルミニア・アリエッティという名だ。きみにその気があれば、あすにでも彼女のところに行って、あなたは偉大な女流画家です、と言うことができるよ。」

「きみはこのひとを知っているのか。」

「うん。もし彼女の絵が彼女自身ほど美しかったら、もうとっくに金持ちになって、絵なんかかかないだろう。つまり彼女はかきたくてかいているんじゃない。たまたま、生きる道をほかにおぼえなかったので、かいているにすぎない。」

リヒャルトはまたこのことを忘れてしまい、数週間たってからやっと思い出したように言った。「きのうアリエッティに会ったよ。ぼくたちは彼女を最近訪問することにしていたんだからね。だから、行こう! きみはきれいなカラーをしているね。あの人はカラーを気にするからね。」

カラーはきれいだったので、私たちは連れ立ってアリエッティのところへ行った。私はいくらか気の進まないものを感じた。というのは、リヒャルトやその仲間たちと女流画家や女学生との自由な、多少奔放な交際は、私にはどうもおもしろくなかったからである。そういうとき、男たちはかなり無遠慮で、粗野だったり、皮肉屋だったりした。若い女たちは実際的で、抜け目なく、擦れていた。私は、女性をかぐわしい光の中で見もし、あがめもしたいと思っていたのに、そういう香気はどこにも感じられなかった。

私は多少こだわった気持ちでアトリエにはいった。画家の仕事場の空気にはよく親しんでいたものの、婦人のアトリエにはいるのは、はじめてだった。まことにさばさばしていて、ひどくきちんとしていた。できあがった絵が三、四枚、額にはまってかかっていた。一枚は下塗りもできないまま画架にのっていた。壁面の残りは、非常に念入りな、食欲をそそるような鉛筆のスケッチと、半分あいている本箱とでおおわれていた。女流画家は私たちのあいさつを冷ややかに受け、絵筆を置き、仕事着をつけたまま、本箱にもたれた。私たちのためあまり時間をつぶしたくなさそうに見えた。

リヒャルトは、展覧会に出品されている絵についてぎょうさんなおせじを述べた。彼女はそれを一笑に付して、おせじなんかごめんだと言った。

「だが、ぼくはあの絵を買おうかと思ったくらいですよ！　とこかくあの雌牛は真に迫って――」

「ヤギですわ」と彼女はおちつきはらって言った。

「ヤギ？　むろんヤギです！　ご研究ぶりに目を奪われたことを言おう、と思ったのです。生きているままのヤギです。まったくヤギらしい。このカーメンチント君に聞いてごらんなさい。ご当人、山の子ですから、ぼくの言うことを裏書きするでしょう。」

私はめんくらいながら、おもしろがってこのおしゃべりに耳を傾けていたが、この時、女流画家の目がちらっと私を見、続いてじろじろ見るのを感じた。彼女は長いあいだこだわりなく私を見つめた。

「高地の方ですの?」

「ええ、そうです。」

「そう見えますわ。ところで、私のヤギをどうお思いになって?」

「ああ、たしかにすてきです。少なくともぼくは、リヒャルトのように、雌牛だとは思いませんでしたよ。」

「どうもありがとう。あなたは音楽家ですの?」

「いや学生です。」

それ以上、彼女は私と一言も話をしなかった。そこで私は彼女を観察する余裕を得た。長い仕事着におおわれて、姿かたちの無格好なのはやむをえないとして、顔は美しくは見えなかった。顔だちは鋭く引きしまっており、目はややきつく、髪は豊かで黒く柔らかだった。目ざわりで、ほとんど不快を感じさせたのは、顔いろだった。私は一も二もなく、ゴルゴンゾラのチーズを思い出した。そこに緑色のひびを見いだしたとしても、私は驚かなかっただろう。こんな異国ふうの青白さはまだ見たことがなかった。それに、あいにく朝のアトリエのぐあいの悪い光線だったので、ぎょっとするほど石のような顔いろに見えた。――それも大理石のようではなく、風雨にさらされていく、ひどく色あせた石のようだった。私は、婦人の顔を形の点でどうこういうことには慣れていなかった。女の顔といえば、まだ少年らしく、若々しいつやとか、バラ色のかぐわしさとか、愛らしさとかいうものを、いつも求めていたのである。

リヒャルトもきょうの訪問にはふきげんになっていた。それだけに、しばらくたってから彼が私に、アリエッティが君をスケッチしたがっている、と告げた時には、私は意外というより、実際恐れをなした。ほんの数枚のスケッチで、顔はかかなくてもいいが、肩幅の広い私のからだつきになにか典型的なものがある、というのだった。

その話が進む前に、ほかの小さな事件が起こって、私の生活全体を変え、数年間の私の将来を決定してしまった。ある朝、目をさますと、私は作家になっていたのである。

リヒャルトにやかましくつつかれて、私はほんの文体練習のつもりで、私たちの仲間の独特なタイプの人物や、ささやかな体験や、対話などを、スケッチふうに、できるだけ忠実に描いてみたし、文学や歴史に関するエッセイもいくらか書いていた。

さてある朝、私がまだ寝床に寝ていると、リヒャルトがはいって来て、三十五フランをふとんの上にのせた。「これはきみのものだ」と彼は事務的な調子で言った。ありとあらゆる推測をしてたずね、推測の種もつきてしまうと、やっと彼はポケットから新聞を出して、私の小さい短編の一つが印刷されているのを示した。私の原稿のいくつかを写して、彼は親しくしている編集者のところに持って行き、私のためにないしょで売ったのだった。印刷された最初のものを報酬とともに、私はいま手にしたわけである。

これほど妙な気持ちがしたことはなかった。ほんとうは、リヒャルトのおせっかいに腹がたったのだが、作家としての甘い最初の誇りと、かなりなお金と、得られるかもしれないささやかな文士の名声のようなもののほうが、やはりより強くて、結局はほかの気持ちを圧倒してしまった。

あるカフェーでリヒャルトは私をその編集者に引き合わせた。彼はリヒャルトから示されたほかの原稿も預かっておきたい、と言い、ときどき新しいのを送るように、私に勧めた。私の書いたものには、特に歴史的なものには、独特な調子がある、そういうのをもっともらいたい、ちゃんと払うようにする、と言うのだった。そこではじめて私は、これはたいへんなことになった、と思った。毎日ちゃんと食事をし、わずかながら借金を払えるばかりでなく、義務としてしなければならぬ勉強を放棄して、おそらく遠からず、自分の好きな畑で仕事をしながら、まったく自分の収入で生活できるようになるかもしれないのだった。

そのうち例の編集者から、批評を書くようにと、新刊書をひと山送りとどけてきた。私はそれにかじりついて、二、三週間没頭した。しかしその報酬はやっと年四回、あと払いだというのに、私はそれをあてにして、今までよりぜいたくな暮らしをしたので、ある日一銭もなくなったことに気づいて、また断食療法をやらねばならなかった。数日間自分のへやでパンとコーヒーでがまんしたものの、空腹でたまらなくなり、食堂にとびこんだ。批評すべき本を三冊、飲食代のかたに置いてくるつもりで持って行った。古本屋でそれを売り払おうとすでに試みたのだが、うまくいかなかった。食事はすてきだったが、ブラック・コーヒーを飲む段になると、私はいくらか気がもめてきた。私はおずおずしながら給仕女に、お金はないが、この本をかたにおきたいと、うちあけた。彼女はそのなかの一冊、詩集を手に取って物珍しそうにめくって、読んでもよいか、とたずねた。本を読むのはとても好きだが、とうてい手にはいらない、というのだった。私は、救われたと思い、食事の勘定のかわりにこの三冊を取ってくれと、持ち出した。彼女は同意した。こうしてつぎつぎと十七フラン分の本を引き取ってくれた。ちいさめの詩集だったら、私はたとえばパン付きのチーズを要求し、長編小説だったら、それにブドウ酒を添えさせた。短編一つ一つは、コーヒー一杯とパンにしかならなかった。覚えているかぎりでは、そういうのは大部分発作的な新流行の文体で書かれたつまらぬ物だった。あのお人好しの少女は、近代ドイツ文学から奇妙な印象を受けたことだろう。午前中、顔に汗を流して大急ぎでもう一冊読みあげ、それについて数行書き、昼までにかたづけて、それでなにか食べ物にありつくようにしたのを思い出すと、愉快になる。私は金に困っていることをリヒャルトには周到に隠そうとした。私は不必要にそれを恥じており、彼の助けを借りるのはいやだったし、借りても、いつもごく短い期間だけにしたかったからである。

私は自分を詩人だなどとは思っていなかった。私がときおり書いたのは、雑文であって、詩ではなかった。しかし、心の中では、いつか詩を創作し、あこがれと生命の大きな大胆な歌を書く日が来るだろう、という希望をひそかにいだいていた。

私の魂の楽しく澄んだ鏡も、ときどき一種の憂うつにかげることはあったが、さしずめ深刻に乱されることはなかった。憂うつはときどき、一日か一夜、夢みる隠者の悲しみのようにやって来たが、またあとかたもなく消え、数週間か数か月してもどって来た。私は、親しい女ともだちにでも慣れるようにしだいにそれに慣れて、苦痛には感ぜず、それはそれなりに独特の甘さを持つ不安を疲れのように感じた。夜それに襲われるごとに、私は、眠らずに、いく時間も窓に横になって、黒い湖や、あお白い空に映っている山々の影絵や、その上に輝く美しい星をながめた。すると、こういう夜の美しさがこぞって、正当な非難をこめて私を見つめてでもいるかのように、私はよく不安な甘い強い気持ちに打たれるのだった。星や山や湖は、自分らの美しさと無言の存在の苦悩を理解し表現してくれるひとりの人をあこがれているかのようだった。そして私がそのひとりの人であるかのようであり、無言の自然に詩によって表現を与えるのが、自分の真の天職であるかのようであった。それがどういう方法で可能であろうかということは、ついぞ考えたことがなく、ただ美しい厳粛な夜が、無言の願いにいらいらしながら私を待っているのを、感じるばかりだった。そういう気分で何か書くということも、けっしてなかった。しかし、この暗い声に対して責任感を感じて、私はそういう夜を経験したあとでは、いつも数日の孤独な徒歩旅行に出るのだった。そうすることによって、無言の懇願のうちに私にすがる大地に対し、いささかの愛を示すことができるような気がした。そんな空想をしたことを、やがてまた私はみずから笑った。こういうさすらいは、私の後日の生活の基礎となった。その後の年月の大部分を私はさすらい人として暮らしたからである。幾週間、幾か月にわたる旅をして、多くの国を歩いたのである。わずかの金と一切れのパンをポケットに入れて、遠くまで歩き、幾日もひとりぼっちでさすらいに明け暮れ、たびたび野宿することにも慣れた。

女流画家のことは、文筆ざたのためすっかり忘れていた。すると彼女からはがきが来た。

「男女のお友だちが数人、木曜日にお茶の時間に私のところに集まります。どうぞあなたもおいでください。お友だちをお連れになって。」

私たちは出かけた。ささやかな芸術家の一団が集まっていた。ほとんど無名な人、忘れられた人、成功しなかった人たちばかりだった。それが私には何か痛ましく感じられた。もっとも、みんなすっかり満足して、はしゃいでいるようだった。お茶とバタパンとハムとサラダが出た。私は、知り合いが見あたらず、それに話し好きでもなかったので、ほかの人たちがお茶だけすすって、おしゃべりしているあいだに、空腹にまかせ、半時間ほど無言で根気よく食べた。さてみんながぽつぽつ少し手を出そうとした時には、私はハムをほとんど全部ひとりでたいらげてしまったことがわかった。少なくとも第二の皿が予備に用意されているものと、私は勘ちがいしていた。みんながくすくす笑い、皮肉なまなざしを私に向けるものもあったので、私はかっとなって、イタリアの女流画家とそのハムをのろった。私は立ちあがって、彼女に簡単にいとまを告げ、このつぎは夕食を持参します、とあからさまに言い、帽子を手に取った。

すると、アリエッティは私の手から帽子を奪い、驚いて、しかしおちついて私を見つめ、帰らないように、私に本気で頼んだ。スタンドの光が、薄ぎぬのかさにやわらげられて、彼女の顔に落ちた。とたんに私は、むかっ腹をたてていながら、はっと目が開いたように、この女性の驚くべき成熟した美しさを見た。自分が急にひどく無作法に愚かしく思われた。それで、しかられた学童のように、かたすみに着席し、そこでじっとコモ湖の写真帳をめくった。ほかの人たちはお茶を飲んだり、ぶらぶら歩いたり、談笑しあったりした。どこか奥のほうで、ヴァイオリンとセロの調子を合わせる音が聞こえた。カーテンが引きよせられると、四人の若い人が即席の台を前にしてこしかけ、弦楽四重奏をかなでる用意をととのえていた。その時、女流画家は私のそばに歩み寄り、一杯のお茶を私の前の小さいテーブルの上に置き、やさしく私にうなずきかけ、私と並んですわった。四重奏が始まり、長く続いたが、私はなにも聞いておらず、目を丸くして、すらりとした、上品な、美しいよそおいの淑女に見とれた。この人の美しさをこれまで疑い、さっきはその用意したごちそうを食べてしまったのだが。――彼女が私をスケッチしたいと言ったのを思い出し、私は喜びと不安を感じた。それからレージー・ギルタナーのことを、シャクナゲの絶壁によじ登ったことを、雪姫の物語を思い出したが、いまはそのすべてが、このきょうの瞬間の準備にすぎなかったように思われた。

　音楽が終わっても、女流画家は、私が気をもんでいたように、席を立って行こうとはせず、じっとすわったまま私と雑談を始めた。彼女は、新聞で見た私の小説にお祝いを述べた。また、数人の若い少女に取り巻かれているリヒャルトについて冗談を言った。リヒャルトの屈託のない笑い声がときおり皆の声を圧してひびいた。

それから彼女はまた、私をスケッチしてもよいか、と頼んだ。そのとき、私はふと思いついたことがあった。ふいに私はイタリア語で話を続けた。それによって、彼女の活気のある南国人の目がうれしそうな驚きのまなざしをするのを見ることができたばかりでなく、彼女が自分のことばを話すのを聞くという、すばらしい楽しみを味わった。彼女の口と目と姿にふさわしいことば、ひびきのよい優雅な、すらすらと流れるトスカナ語で、テッシンなまりのイタリア語の魅惑的な軽い調子が少しまじっていた。私自身は美しくもなめらかにもしゃべれなかったが、そんなことは妨げにならなかった。私は、翌日彼女にスケッチしてもらうため来ることになった。

「ア・リヴェデルラ（さようなら）」と私は別れのとき言って、できるだけ低く腰をかがめた。

「ア・リヴェデルシ、ドマニ（さようなら、またあした）」と彼女はほほえんでうなずいた。

彼女の家を出てどんどんさきへ行くと、道はある丘の頂上に達し、とつぜん暗い景色が美しく静かに目前に現われた。赤い灯《ひ》をともしたボートがぽつんと一そう湖水をかすめ、黒い水面に、ゆらめく数条の真紅の光線を投げていた。そのほかにはあちこちに、細い波がしらがぽつりぽつりと淡い銀灰色の輪郭を示しているだけだった。近くの庭でマンドリンをひく音とにぎやかな笑い声が聞こえた。空は半分くらい雲におおわれ、丘には強いあたたかい風が吹いていた。

　風が果樹の枝やクリの黒い樹頭を愛撫したり、襲ったり、曲げたりするので、木がうめいたり、笑ったり、震えたりするように、情熱は私をほんろうした。丘の頂上で私はぬかずき、大地に伏し、とびあがり、うめき、地面を踏み鳴らし、帽子を投げつけ、顔で草をかきわけ、木の幹を揺すり、泣き、笑い、すすり泣き、荒れ狂い、恥じ入り、幸福に酔い、死なんばかりに苦しんだ。一時間たつと、ぐったりしてしまい、悲しい蒸し暑さに息が詰まった。私はなにも考えず、どうしようという心もきまらず、なにも感じなかった。夢遊病者のように丘を下り、町を半分ほどもさまよい歩き、場末の通りに、おそくまでやっている小さい居酒屋があいているのを見つけて、ふらふらと中にはいり、ワートラント酒を二リットル飲んで、明け方おそろしく酔っぱらって家に帰った。

その午後、たずねて行くと、アリエッティ嬢はすっかり驚いてしまった。

「まあ、どうなさったの？　ご病気？　ほんとにすっかりからだをこわしてしまったように見えますわ。」

「たいしたことはありません」と私は言った。「昨夜ひどく酔ったらしいんです。それだけのことです。どうぞ始めてください！」

私はイスにこしかけさせられ、じっとしているように言われた。実際そのとおりにした。というのは、私はまもなく眠りこんで、午後中アトリエで眠り過ごしてしまったからである。おそらく画家の仕事場のテレピン油のにおいのせいであったろう。私は、故郷でボートが新しく塗られる夢を見た。私はじゃりに寝そべって、父が容器とはけを持って働いているのを見ていた。母もそばにいた。私が母に、おかあさんは死ななかったのですか、とたずねると、母は小声で言った。

「いや、死にゃしないよ。わたしがいなくなったら、おまえも結局おとうさんと同じやくざ者になるだろうからね。」

目をさますと、私はイスからころげ落ち、所が変わり、エルミニア・アリエッティの仕事場にいるのを知って、びっくりした。彼女の姿は見えなかったが、隣の小さいへやで茶わんやナイフやフォークをがちゃがちゃいわせているのが聞こえたので、夕食時になったにちがいないと推測した。

「お目ざめになって？」と彼女が向こうから呼びかけた。

「ええ、長いこと眠ったでしょうか。」

「四時間よ。恥ずかしくなくって？」

「そりゃもちろん、しかしぼくはとてもいい夢をみましたよ。」

「お話しして！」

「ええ、あなたが出ていらしって、ぼくを許してくださるなら。」

彼女は出て来たが、私が夢を話してしまうまでは、許すのはおあずけだ、と言った。そこで私は話をした。夢の話をしているうちに、忘れていた幼年時代に深くはいりこんで行った。口を閉じた時、もうすっかり暗くなっていた。そのあいだに私は、彼女に、そして私自身に、幼年時代の物語を残らず語ったのであった。彼女は握手をして、しわくちゃになった私の上着をこすってしわをのばしてくれ、あすまたスケッチをするから、来て下さい、と誘った。彼女は私のきょうの無作法も理解し、許してくれたのだ、と感じた。

それから数日、私は幾時間も彼女のためにすわった。ことばはほとんどまったく交わされなかった。私はじっと魔法にかけられたように、すわったり立ったりして、スケッチ用の木炭が柔らかにすべる音を聞き、かすかな油絵の具のにおいを吸いこみ、愛する女性のそばにいて、そのまなざしがたえず自分に注がれているということしか感じなかった。白いアトリエの光が壁に沿って流れ、眠たげなハエが数匹、窓ガラスでうなっていた。隣の小べやでは、アルコールランプの炎が歌うような音を立てていた。モデルにすわったあと、いつも私はコーヒーを一杯ごちそうになることになっていた。

家でも私はたびたびエルミニアのことを考えた。彼女の芸術を尊敬することができなかったことは、私の情熱を動揺させも減少させもしなかった。彼女自身、あれほど美しく親切で明るく、たのもしいではないか。彼女の絵が私になんのかかわりがあろう? 私はむしろ、彼女の熱心な仕事ぶりに、なにか悲壮なものを感じていた。生きるために戦っている女性、静かに忍従している雄々しい果敢な女性であった。それはそうと、愛しているだれかのことを思いめぐらすほど、かいのないことはあるまい。考えの筋道は、民謡か軍歌のようなものである。いろいろなことが出て来るが、終わりの折り返しの文句は、ぜんぜんちぐはぐな場合でも、しつこく繰り返されるのである。

こうして、私が記憶している美しいイタリア婦人の像も、ぼやけてこそいないが、身近にいる人々についてよりも、他人についてのほうがずっとよく気づくことの多い、さまざまな小さな線や特徴をともなっていない。彼女がどんな髪をしていたか、どんな服装をしていたかなどを、私はもうおぼえていない。いったいからだつきの大きい人だったか、小さい人だったかさえ、おぼえていない。彼女を考える時、目に浮かぶのは、黒い髪の、上品な形をした女性の頭と、あお白いが生気のある顔に、鋭く光っている、あまり大きくはない一対《いっつい》の目と、にがみのある成熟さを示す、申しぶんなく美しい弓形の細い口びるである。彼女と、彼女に恋していたあのころのこと全部を思い出してみても、心に浮かぶのはいつもきまって、あたたかい風が湖上を吹きすさび、私は泣き歓呼し荒れ狂った、丘の上のあの晩のことだけである。それからもうひとつ別な晩のことである。その晩のことをこれから話そうと思う。

なんらかの方法で女流画家に心をうちあけ、愛を求めなければならないことが、私にははっきりしてきた。もし彼女が私から離れたところにいたら、私は彼女を静かにあがめ、彼女を得るための苦痛をひそかに悩み続けただろう。しかし、毎日のように彼女に会い、語りあい、握手し、彼女の家に出入りしながら、いつも心にとげをいだいているというのは、長くは耐えられなかった。

芸術家たちやその友人たちによって、ささやかな夏祭りが催された。湖畔のきれいな庭でのことで、夏も真っ盛りのべっとりと蒸し暑い晩だった。私たちはブドウ酒や氷水を飲み、音楽を聞き、木の間につるされて花飾りをなしている赤いちょうちんをながめた。雑談をし、悪口をとばし、笑い、しまいに歌った。ある薄ぎたない青年画家が、ロマン派きどりで、奔放なベレー帽をかぶり、てすりにあおむけに長々と寝そべって、柄《え》の長いギターをもてあそんでいた。数人の、わりに名の知れた芸術家は、来ていないか、年かさの人々の仲間に加わって、わきのほうにこしかけてるかしていた。婦人たちのうち、若いほうの数人は明るい夏のよそおいでやって来たが、ほかの人たちはいつものだらしない服装で歩きまわっていた。特にいやらしく私の目についたのは、年のいった醜い女子学生だった。彼女は断髪の上に男の麦わら帽をかぶり、葉巻きを吸い、したたか酒を飲み、大きな声でしきりにしゃべっていた。リヒャルトは例のとおり、若い少女たちを相手にしていた。ひどく興奮していたにもかかわらず、私は冷静にかまえ、酒をあまり飲まず、アリエッティを待ちうけた。彼女は、きょうは私にボートを漕《こ》いでもらうことを、約束していたのだ。はたしてやって来て、彼女は私に花を少しわたし、一しょに小舟に乗りこんだ。

湖は油のようになめらかで、夜のやみに色のけじめもつかなかった。私は軽い小舟をどんどん沖へ漕ぎ出した。そして、自分と向かいあって、すらりとした女性がここちよげに満足して、かじの席によりかかっているのを、瞬時も目から離さなかった。高い空はまだ青く、弱い光の星が一つ一つ徐々に現われた。岸のあちこちでは、音楽や庭の陽気なさざめきが聞こえた。よどんだ水はかすかにぶくぶくと音を立てて、かいを受け入れた。ほかのボートは静かな水面のあちらこちらに暗く浮かび、ほとんど見えなかった。私はそんなものには目もくれず、かじをとる女性をじっとまじろぎもせずに見つめ、計画した愛の表白が、重い鉄の輪のように、どきどきする胸をしめつけた。美しい詩的な夜景の全体、乗っている小舟、星、なまあたたかい静かな湖、そういうもののすべてが私を不安にした。それが美しい芝居の飾り付けのように思われ、その真ん中で私は感傷的な一場面を演じなければならなかったからである。胸がどきどきしたうえ、ふたりとも黙っているため、深い静寂に息苦しくなったので、私は力をこめてがむしゃらに漕いだ。

「ほんとにあなたは強いのね！」と女流画家は物思わしげにいった。

「ふとっているっておっしゃるんですか」と私はたずねた。

「いいえ、筋肉のことを言ってますの」と彼女は笑った。

「ええ、ぼくは強いですとも。」

これはうまいきっかけではなかった。悲しく腹だたしくなって私は漕ぎ続けた。しばらくして私は彼女に、少し彼女の身の上のことを話してほしいと、頼んだ。

「いったいどんなことをお聞きになりたいの？」

「なんでも」と私は言った。「だが、一ばん聞きたいのは恋物語です。そしたら、あとで私の恋物語、私の唯一《ゆいいつ》の恋物語も話してあげます。ごく短いけれど、美しくて、あなたはおもしろく思われるでしょう。」

「まあ、どうぞ聞かしてくださいよ！」

「いや、まずあなたから！　それでなくても、ぼくがあなたについて知っているより、ずっと多く、あなたはもうぼくについて知っています。あなたはほんとに恋をしたことがあるのかどうか、あるいは、ぼくが恐れているように、あなたは恋をするにはあまりに利口すぎ、誇りを持ちすぎているのかどうか、それを知りたいのです。」

エルミニアはしばらく考えこんでいた。

「それもあなたのロマン的なお考えの一つですわ」と彼女は言った。「夜、こんな暗い水の上で、女性に話をさせようなんて。おあいにくと、私にはそんなこと、できませんわ。あなた方、詩人は、なんでも美しいことをことばに言い表わすけれど、自分の感情をそれほど話さない人には、ハートがないようにすぐ思いこむ癖があります。私の場合はあなたの見当違いです。なぜなら私ほど激しく強く恋をすることのできる人がある、とは思いませんもの。ほかの女性に縛られている男の人を、私は愛してますの。その人も、私に劣らず、私を愛しております。でも、ふたりとも、いつか一しょになれることがあるかどうか、わからずにいます。手紙をかわし、ときおりは会うこともありますけれど……」

「おたずねしますが、その恋はあなたを幸福にしていますか、それとも不幸にしていますか、それとも両方ですか。」

「ああ、恋というものは、私たちを幸福にするためにあるのではありません。恋は、私たちが悩んだり耐え忍んだりすることにかけてどのくらい強くありうるかを、私たちに示すために、あるのだと思いますわ。」

それはわかったけれど、私は、かすかなうめき声のようなものが返事のかわりに自分の口からもれるのを、抑えることができなかった。

彼女はそれを耳にとめた。

「ああ、あなたももうそれをごぞんじですの？　まだずいぶんお若いのに。あなたも告白をなさってくださいますか。でも、ほんとにそれをなさりたければですよ。」

「たぶんこのつぎにします、アリエッティさん。それでなくても、ぼくは今夜は悲しい気持ちです。あなたの気分まで曇らせたとしたら、申しわけありません。引っ返しましょうか。」

「お好きなように。いったいどのくらい遠くまで来ているんでしょう？」

私はもう返事をせず、かいをそうぞうしく水に入れ、向きを変えて、北東の風でも迫っているかのように、ぐっと引いた。ボートはせわしく水面をすべった。胸中にわきかえる悲嘆と恥ずかしさのうずに取り巻かれて、汗がぼたぼたと顔に流れるのを感じると同時に、ぞくぞく寒けがした。あやうく自分は、ぬかずいて嘆願し、母親のようなやさしさで拒絶される恋人の役を演じるところだったと、つくづく考えてみると、骨身にしみるほどぞっとするのだった。せめてその役だけはまぬがれた。いまは、あとに残った悲しみを、なんとかあきらめなければならなかった。私は、とりつかれた人間のように、岸に向かって漕いだ。

岸で簡単に別れを告げ、彼女をひとり置いて去ると、美しい人はややいぶかしげな様子だった。

湖は実になめらかで、音楽は実に陽気で、ちょうちんはさっきと変わらず実にはなやかに赤かったが、なにもかもが私には愚かしくこっけいに見えた。特に音楽がそうだった。幅の広い絹のリボンでギターを、これ見よがしにかついでいるビロードの上着の男を、打ちのめしてやりたい、と私はどんなに思ったことだろう。それに、これから花火をやろうとしていた。なんと子どもじみていたことだろう！

私はリヒャルトから数フラン借りて、帽子をあみだにかぶって、どんどん歩きだした。町の外へ出て、さきへさきへ一時間また一時間と歩いた。とうとう眠くなって、草原に寝てしまったが、一時間後、露にぬれて目をさました。からだがこわばって、寒けがした。私はもよりの村へ行った。朝まだきだった。ウマゴヤシを刈る人たちが、ほこりっぽい小みちを出かけて行った。寝ぼけた下男が馬小屋の戸ぐちからじろじろ見ていた。そういうふうで、百姓の夏の忙しい仕事ぶりがいたるところに現われていた。おまえは百姓でいるべきだった、と私は自分に言い、恥ずかしい気持ちで、村を通り抜け、へとへとになりながら歩き続けているうちに、とうとう日の出のあたたかさに休息できるようになった。若いブナの木立ちのふちで、私は枯れたヨモギ草の中にからだを投げ出して、あたたかい日なたで、午後おそくまで眠りこんだ。目をさますと、頭は草原のにおいでいっぱいになり、手足は快くだるかった。神さまの大地に長いあいだ寝たあとでしか感じられないだるさだった。すると、夏祭りも、ボート遊びも、なにもかも、数か月前に読んだ小説のように、遠く、悲しく、なかば消えてしまったように思われた。

私は三日間家をよそにして、太陽を皮膚に焼けつかせた。そして、いっそひと思いに故郷に帰り、父を手伝ってほし草の二番刈りをしたほうがよいんじゃないかと、考えた。

もちろん、そんなことで苦痛は容易におさまりはしなかった。町へ帰ってからも、私は女流画家に会うことを、ペストのように避けた。だが、それは長くは耐えられなかった。その後、彼女に顔を見られ、話しかけられるごとに、あのみじめさがのどにこみあげて来るのだった。

四

当時父さえなしえなかったことを、いまこの恋の不幸がなしとげた。それは私を大酒飲みにしあげてしまったのである。

それは、私がこれまで語ってきたことのどれより、私の生活と性行にとって重大だった。強い甘い酒神は私の変わらぬ友となり、今日に及んでいる。酒神ほど強力なものがあろうか。これほど美しく、空想的で、熱情的で、陽気で、憂うつなものがあろうか。酒神は英雄で魔術師だ。誘惑者で、愛の神の兄弟だ。彼には不可能なことができる。貧しい人間の心を、美しい不思議な詩をもって満たす。彼は、私という孤独な百姓を王さまに、詩人に、賢者にした。からっぽになった生命の小舟に、新しい運命を積み、難破したものを大きな生命の奔流の中へ押しもどしてくれる。

酒はそういうものだ。だが、酒もすべての貴重なたまものや芸術と同様だ。それは愛され、求められ、理解され、努力によって獲得されねばならない。それはだれにでもできることではない。それは無数の人を殺す。酒神は人々を老いさせ、殺し、人々の中にある精神の炎を消してしまう。だが、酒神はまたその愛児たちをうたげに招き、彼らのために至福の島へにじの橋をかける。彼らが疲れると、酒神は頭の下にまくらをあてがってくれ、彼らが悲しみのとりことなると、友だちのように、慰めの母のように、そっとやさしく抱きとってくれる。酒神は、混乱した人生を大きな神話に変え、力強いたて琴で創造の歌をかなでてくれる。

酒神はまた子どもで、長い絹の巻き毛と細い肩と、やさしい手足を持っている。彼はきみの胸にもたれ、細い顔をあげてきみの顔を見あげ、愛らしい大きい目で、驚いて夢みるようにきみを見つめる。その目の奥には、楽園の思い出と、失われることのない神の子のおもかげが、森の中に新しくわき出た泉のように、みずみずしく輝きながら波打っている。

甘い酒神は、深くざわめきながら春の夜を流れる大河に似ている。また、冷たい大波の上に太陽とあらしとを乗せて揺する大海に似ている。

彼がその愛児たちと語る時、秘密と回想と詩と予感との荒れ狂う海の音が、彼らを身ぶるいと奔流とをもって圧倒する。既知の世界は小さくなって、消滅する。そして魂はわくわくする喜びにひたって、道のない未知の広い世界に飛びこむ。そこでは、すべてのものが見慣れぬものでありながら、すべてのものが親しみ深く、音楽のことば、詩人のことば、夢のことばが語られる。

さて、私はまず語らなければならない。

私は幾時間もわれを忘れて朗らかになり、勉強をし、書き、リヒャルトの音楽を聞くことがあったが、ぜんぜん苦悩を伴わないで過ぎる日は一日としてなかった。夜中になって寝床の中ではじめて苦悩に襲われることも珍しくなかった。すると、私はうめき、つっ立ちあがり、遅くなって涙にぬれながらやっと寝入るのだった。あるいは、アリエッティに会っている時に、苦悩が目をさました。しかし苦悩はたいてい午後おそく、美しい、なまあたたかい、ぐったりする夏の夕べになりかかるころ、やって来るのだった。すると、私は湖に行き、ボートを借り、からだが熱くなり、くたびれるまで漕ぐが、とても家へは帰れない気持ちになる。そこで居酒屋か、飲食店の庭にはいり、いろいろなブドウ酒を試み、飲んでは考えこみ、翌日も半病人でいることが少なくなかった。そんなとき、ぞっとするようなみじめな、吐き出すような気持ちに襲われ、もう二度と飲むまいと決心したことも、十数度ある。しかしそれからまた出かけて飲んだ。しだいに私は酒とそのききめとを区別するようになった。そして全体としては、もちろんまだ素朴《そぼく》な、いたって粗雑なものではあったが、一種の自覚をもって酒をたしなんだ。結局、私は濃い赤のフェルトリーン酒にとどめを刺した。このブドウ酒は、最初の一杯は渋く刺激的であるが、やがて私の思考に薄ぎぬをかけ、静かな、とめどない夢想に誘った。そして、魔法をかけ、創造し、みずから詩作し始める。そうすると、かつて私が美しいと思ったあらゆる風景が、甘美な照明を浴びて私を取り囲む。その中を私自身がさすらい、歌い、夢み、高められたあたたかい命が自分の体内をめぐるのを感じるのだった。そして、民謡をヴァイオリンでかなでるのを聞きでもするように、また、そのそばを通りながら、取り逃がしてしまった大きな幸福がどこかにあるのがわかりでもしたように、それは極度に快い悲しさで終わりを告げるのだった。

自然にそうなったのであるが、しだいに私はひとりで飲むことはまれになり、いろいろな仲間を見つけるようになった。人に取り囲まれると、酒のきき方が違ってきた。私はおしゃべりになったが、興奮はせず、かえって冷たい奇妙な熱を感じるのだった。自分というもののこれまでほとんど気づかなかった面が、一夜のうちにぱっと花を開くのだったが、それは庭の草花や観賞用の草花ではなくて、アザミやイラクサの類に属するのだった。つまり、おしゃべりになると同時に、鋭い冷静な精神が私を襲い、私に安定感と優越感を与え、批判と機知に富ませた。そばにいられるとじゃまになるような人が来ると、彼らがいたたまれず出て行くまで、私は、あるいは微妙に抜け目なく、あるいは手荒くしつこく彼らをからかい、いやがらせた。そもそも人間というものを、私は子どものときから好みもせず、必要だとも思わなかったが、いまでは人間を批判的に皮肉に観察するようになった。人間同士の関係が、無情に、さももっともらしく諷刺《ふうし》的に表現され、痛烈にあざけられるような小さい話を、私は好んで考え出し、物語った。そういうあざけりの調子がどこからやって来たか、私自身にもわからなかった。それは、私の本性の中からうんだはれ物のようにふき出して、長いこと私につきまとった。

そのあいだにも、ある晩ひとりでいると、私はまた山や星や悲しい音楽を夢みた。この数週間のうちに、私は現代の社会、文化、芸術に関する一連の考察を書いた。

毒舌的な小冊子で、飲食店での対談から生まれたものである。かなり熱心に続けていた歴史研究から、いろいろな歴史上の材料を加えたが、これが私の諷刺に一種の手堅い背景を与えた。

この仕事がもとになって、私はかなり大きい新聞に定期的寄稿家の地位を得て、ほとんどそれで生活することができるようになった。その後まもなくあの随想が小さい単行本としても世に出て、多少の成功を収めた。そこで私は言語学を完全に投げ出してしまった。もう大学の上級学年にいたし、ドイツの雑誌との関係もできて、そのため、いままでの無名と貧困の状態を脱し、知名人の仲間に進出していた。自分でパンをかせぎ、わずらわしい奨学金を放棄し、ささやかな職業文士のしがない生活に向かって、帆をいっぱいに張って乗り出したのであった。

成功と虚栄、諷刺と恋の悩みなどにもかかわらず、楽しさにつけ憂愁につけ、私の頭上には青春のあたたかい光が輝いていた。さんざん皮肉を飛ばしたり、ちょっとたわいない沈滞におちいることはあっても、私は夢の中でいつも一つの目標、幸福、完成を望んでいた。それがいったいなんであるか、自分にもわからなかった。私はただ、人生がいつの日か特別はなやかな幸福の波で私の足を洗ってくれるにちがいない、と感じていた。それが名声であるか、恋であるか、あこがれの実現であるか、私の本質の向上であるか、わからなかった。いずれにしても、私はまだ、貴婦人や、騎士に任ぜられる刀礼や、大きな名誉を夢みている小姓であった。

私は、上に向かって進んで行く軌道のはじめに立っているのだ、と信じていた。これまで体験したことのすべてが偶然にすぎなかったこと、自分の本質と生活には深い独自な基準がまだ欠けていたことに気づかなかった。恋や名声も最後の満足とならないようなあこがれに自分が悩んでいることを、私はまだ悟らなかった。

それで私は、ささやかな、いくらかにがみの伴う名声を、青春の喜びをあげて楽しんだ。良いブドウ酒を飲みながら、かしこい精神的な人々と一座し、自分が話し始めると、皆の顔がむさぼるように熱心に自分に注がれるのを見るのは、快かった。

今日のこれらの人々の心の中では例外なく、どんなに大きなあこがれが救いを求めて叫び、どんなに奇異な道に彼らを導いているかが、ときおり私の注目を引いた。神を信じることは、愚かしい、不見識なこととされた。しかし、そのほかでは、さまざまな教えや名まえ、たとえばショーペンハウアー、仏陀《ぶっだ》、ツァラツストラ等々が信じられた。若い無名の詩人で、典雅な住居に立像や絵画をまつって、おごそかな礼拝を行なっているものもいた。彼らは、神の前に頭をさげることを恥じながら、オトリーコリのジュピター像の前にはぬかずいた。節制によってみずからを苦しめ、鼻持ちならぬ身なりをしている禁欲主義者もいた。彼らの神の名は、トルストイ、あるいは仏陀であった。よく吟味され調和のとれた壁かけや音楽や料理やブドウ酒や香水や葉巻きなどによって、特殊な気分に浸る芸術家もあった。彼らは口達者に、ことさらにわかりきったことのように、音楽的な線だとか、色彩の和音だとかいうようなことをしゃべり、いたるところで「個人の点数」をねらっていた。それはたいていの場合、なんらかのささやかなたわいない幻想か狂気にほかならなかった。根本においては、このけいれん的な喜劇全体が私にはおもしろくおかしく思われたのだが、私はやはり、そこにどんなに多くの真剣なあこがれと真の霊の力が燃えあがって消えるかを感じて、しばしば不思議な身ぶるいを覚えた。

浮き世ばなれした歩きぶりをしている新流行の詩人や芸術家や哲学者を、私はおおぜい知って、驚嘆もし喜びもしたが、彼らのひとりとして有名になったのを、私は知らない。彼らの中に、私と同年輩の北ドイツ人がいた。感じのよい小柄《こがら》の人物で、およそ芸術的なことに関しては繊細で敏感だった。彼は未来の大詩人と見られていた。彼の詩がいくつか朗読されるのを聞いたことがあるが、それはいまなお私の記憶に、異常に香気の高い、魂のこもった美しいものとして、まざまざと浮かんでくる。おそらく彼は、私たち全部の中で、ほんとの詩人になりえた唯一の人であったろう。偶然、私はのちになって、彼のあっけない身の上を聞いた。この過度に敏感な男は文学上の失敗におじけづいて、世間からいっさい遠ざかり、やくざな文芸保護者の掌中におちいってしまった。その人は彼を励まし、理性に立ち返らせることをしないで、またたくまにすっかりだめにしてしまった。彼は富豪の別荘で神経質な婦人たちを相手に、気の抜けた唯美主義者流のほらを吹き、不遇な英雄きどりになり、みじめな邪道に導かれ、ひたすらショパンの音楽やラファエル前派的陶酔に浸って、一歩一歩と知性を失っていった。

異様な服装や髪の形をした詩人や、いわゆる美しい魂の、まだ巣立ちきらない連中を思い出すと、私は身ぶるいと同情とをおぼえずにはいられない。その交際がどんなに危険だったかを、私はのちになってはじめて悟ったからである。思えば、こういうから騒ぎに加わらないように、私を守ってくれたのは、高地生まれの百姓気質であった。

名声や酒や恋や学問より貴く、うれしかったのは、友情だった。結局、友情だけが、私の生まれつきの憂うつさを引き立て、青春時代を、そこなわれぬように、生き生きとあけぼのの光を失わぬようにしてくれたものだった。今日でも私は、世の中に、男同士のあいだの誠実な充実した友情ほど貴重なものはない、と思っている。物思いに沈む日、青春への郷愁に襲われるようなことがあるとすれば、それは学生時代の友情を思うゆえにほかならなかった。

エルミニアを恋するようになってから、私はリヒャルトに少しそっけなくした。はじめのうちは無意識だったが、数週間たつと、良心に責められた。私は彼にざんげした。彼は、私の恋の不幸が始まり、つのっていく一部始終を見て、心を痛めていた、と打ち明けた。私は改めて心から、しっとさえこめて彼と親しくした。当時私が身につけた明朗な自由なささやかな処世術のようなものは、すべて彼から得たものであった。彼は心身ともに美しく朗らかで、人生は彼にとっては影を持たないように見えた。時代の悩みや迷いを、彼はかしこい敏活な人間としてよく知ってはいたが、それは損害を与えずに、彼のそばをすどおりして行った。彼の歩きぶり、ことば、態度全体が、しなやかで、調子がよく、愛らしかった。ああ、彼の笑い方ときたら！

私の酒修行には彼は、あまり理解を持たなかった。ときには同行することもあったが、二杯も飲むと、もうたくさんで、私が段違いに飲むのに、無邪気に驚いていた。しかし、私が悩み、手も足も出ずに憂愁に負けているのを見ると、彼は私に音楽を聞かせたり、朗読してくれたり、散歩につれ出してくれたりした。ちょっとした遠足に出た場合など、私たちはたびたびふたりの小さい少年のように、はしゃいだ。あるとき、森におおわれた谷に寝ころんで、ぽかぽかとあたたかい昼休みをし、モミの実を投げあい、「神妙なヘレーネ」の中の句を情調たっぷりのメロディーで歌った。澄んだ急な小川のせせらぎが、涼しく誘うように耳にひびき続けたので、とうとう私たちは裸になって、冷たい水の中に横になった。そこで彼は、喜劇をやろうと思いついた。彼はこけむした岩にこしかけ、ローレライの美女になった。私は小さい舟の船頭になって、帆を張って下を通りかかったわけだが、彼がいかにも処女らしくはにかみ、ひどく顔をしかめたので、激しい苦痛をおおげさに表現しなければならないはずの私は、ふきだすのをこらえることができなかった。突然、人声が高くなり、旅行者の一行が小みちに現われたので、私たちは裸のまま大急ぎで、水に洗われた、突き出ている岸の下に隠れねばならなかった。なにも知らない一行が私たちのそばを通り過ぎる時、リヒャルトはぶうぶう、きいきい、ふうふうと、ありとあらゆる奇声を発した。人々ははっとして、あたりを見まわし、水の中をのぞき、私たちを発見しそうになった。すると、リヒャルトは隠れ場から半身を浮かび出させて、むっとしている一行をにらみ、低い声で、説教者の身ぶりよろしく「安らかに行け！」と言った。そしてすぐまた姿を隠し、私の腕をつねって言った。「これも一つのなぞさ。」

「どういうなぞさ？」と私はたずねた。

「牧神パーン、牧人どもを驚かす、というところさ」と彼は笑った。「だが、残念ながら婦人連もいたよ。」

私の歴史研究には彼はあまり注意を払わなかった。しかし、私がアシジの聖フランシスにほれこむくらいに傾倒しているのに、彼もまもなく共鳴するようになった。もっとも聖フランシスに対してさえ、彼はときおりしゃれをとばして、私をおこらした。この幸福な忍従者が、愛らしい大きな子どものように、楽しげにうっとりとして朗らかに、神を喜び、すべての人々に対する謙虚な愛に満ちて、ウンブリアの野をさすらっているさまを、私たちは目に浮かべた。私たちは彼の不朽の「太陽の歌」を一しょに読み、ほとんどそらんじた。あるとき、小蒸気船で湖を渡って散歩から帰って来た時、夕風が金色の波を動かしているのを見て、彼は小声でたずねた。「ねえ、きみ、こういう所であの聖者はなんといっているかい?」私はイタリア語で文句を引いた。

「おお、主よ、はらからなる風によって、空気によって、雲によって、晴れたる空によって、あらゆる空模様によって、おん身はたたえられてあれ!」

私たちがけんかをし、侮辱的なことを言いあう時、彼はいつもなかば冗談に、小学生のやり口で、おどけたあだなをしこたま私に浴びせるので、私はすぐふきださずにはいられなくなり、腹だたしさも刺《とげ》のないものとなった。私の親友が比較的まじめになるのは、好きな作曲家のものを聞いたり、ひいたりする時だけだった。そういう場合でも、彼は中断して、なんか冗談を言うことがあった。しかし、芸術に対する彼の愛は、純粋な、心からの献身のあふれたもので、ほんとうのものや、すぐれたものに対する彼の感情は、狂いのないものだった。

彼の友人たちのだれかが困っているとき、彼は、慰めたり、親身になって助けたり、元気づけたりする、ゆきとどいたやさしい術《すべ》をじつによく心得ていた。私がふきげんでいるのを見ると、彼は奇抜なおもしろい小さな逸話ふうの物語をいくらでも話した。その調子には、なにか心をなだめるような元気づけるようなふしがあったので、私はめったにさからえなかった。

彼は私にいくらか尊敬をいだいていた。私のほうが彼よりまじめだったからである。それ以上に、私の体力が彼を感心させたからである。ほかのものたちの前で、彼はそれをふいちょうし、片手で自分を締め殺すことのできる友人を持っていることを自慢した。彼は肉体的な能力や軽快さをおおいに重んじ、私にテニスを教え、私と一しょに漕いだり、泳いだりし、乗馬にも私を連れて行った。また、私が彼自身と同じくらいうまく玉突きができるようになるまで、彼はおさまらなかった。玉突きは彼の得意の遊戯で、芸術的な名人らしい腕を見せたばかりでなく、玉突きをしていると、いつもことのほか元気で才気に富み、陽気になるのが常だった。しばしば彼は、三つの玉に私たちの知り合いの人の名をつけ、突くごとに、玉が寄ったり離れたりする位置から、機知やあてこすりや漫画化的な比較などをたくさんもりこんだ長編小説を組み立てた。そんなことをしながら彼はおちついて軽く、極度に優雅に玉を突いた。そのさまを見るのは、楽しみであった。

私の文筆上の仕事となると、彼は私自身以上に高くは評価してくれなかった。あるとき彼は私に向かって言った。「ねえ、ぼくはいつもきみを詩人だと思っていた。いまでもそう思っている。しかし君の新聞読み物を見たからではなく、きみの中にはなにか美しいもの、深いものが生きていて、それが早晩せきを切ってあふれて来るだろう、と、ぼくは感じるからだ。そのときこそそれはほんとの文学になるだろう。」

その間に、学期は、小ぜにが指のあいだからすべり落ちるように、つぎつぎと過ぎて行って、思いがけず、リヒャルトが帰郷を考えなければならない時がやって来た。私たちは、消えゆく数週をいくらかことさら奔放に楽しんだ。そして最後には、つらい別れの前に、なにか目のさめるようなにぎやかなことをやって、この愉快だった年月を朗らかに希望をもって結ぼう、ということに話がまとまった。私はベルン・アルプスに休暇旅行をしよう、と提案したが、むろんまだ早春で、山には実際あまり早すぎた。私がほかの提案に知恵をしぼっているあいだに、リヒャルトは父親に手紙を書いて、私のためにひそかに大きなうれしい不意打ちを用意していた。

ある日、彼は大金の為替《かわせ》を持ってやって来、案内役になって北イタリアへ同行してくれるように、と私を誘った。

私は不安と歓喜に胸がどきどきした。少年時代からいだいていた、いくどとなく飽かず夢に見た、あこがれの宿願が、実現されることになったのだ。熱にうかされてでもいるように、私はささやかな準備をするとともに、友人にイタリア語をなお少しばかり教えた。そして、最後の日まで、この旅行がだめになりはしないかと心配した。

荷物はさきに送り出した。私たちは車中にこしかけた。緑の野や丘が目にもとまらず過ぎた。ウルン湖とゴットハルト峠が来た。それから、テッシン地方の小さな山村、谷川、石のごろごろした山腹、雪の山頂などが来た。それから平らなブドウ畑の中に最初の黒っぽい石の家が見えた。そして、湖に沿い、肥沃《ひよく》なロンバルジアの平野を縫って、そうぞうしく活気のある、不思議に魅惑的であると同時に親しみがたいミラノへ向かって、期待に胸のふくらむ旅を続けた。

リヒャルトはミラノの大寺院については考えてみたこともなく、有名な大建築として知っているだけだった。彼が失望して腹をたてるのを見るのは、おもしろかった。最初の驚きに打ちかって、ユーモアを取りもどすと、彼は進んで、屋根に登って、とほうもなく雑然と並んでいる石像のあいだを歩きまわってみようと、提案した。ゴシック式尖塔《せんとう》の上にある、幾百もの気の毒な聖者の立像は、そうたいして惜しいものではないことを確かめて、私たちはいくらか安心した。なぜなら、立像の大部分は、少なくとも新しいのは全部、ありふれた種類の工場製品であることがわかったからである。四月の太陽にかすかにあたたまっている広い傾斜した大理石板に、私たちは二時間ほども寝そべっていた。リヒャルトは屈託なく、ありていに言った。「ねえ、きみ、せんじつめれば、このきちがいじみた大寺院に失望したような失望を、もっとたくさん味わうのは、やむをえないよ。旅行中を通じて、ぼくは、あんまりすばらしいものを見て、圧倒されるかもしれないことに、いささか不安をいだいていたよ。ところが、こんなふうに気安く、人間的におかしく始まったよ！」やがて、私たちを中心に取り囲んでいる雑然たる石像族が、彼の心をそそり、さまざまな怪奇な空想を起こさせた。

「おそらく」と彼は言った。「あの聖壇の上の塔には、一ばん高い尖塔として、最高のもっとも貴い聖者が立っているのだろう。石の綱渡り師として、このとがった塔の上で永久にからだの釣り合《つあ》いをとっているのは、けっして楽しいことではないにちがいないから、ときどき一ばん上の聖者が救われて、天国へ移されるのは、もっともなことだ。ところが考えてもみたまえ、そんなことがあるごとに、なんという大騒ぎが起こることだろう！　なぜって、そうなると、もちろんほかの聖者が全部、正確に位階に従って一つずつ席次が進むことになり、めいめい大跳躍をして前任者の尖塔に飛びつく。しかもめいめい大急ぎで、自分より上になるものをねたみながら、飛びあがるのだからさ。」

その後ミラノを通るたびごとに、あの午後のことが頭に浮かんだ。幾百もの大理石の聖者が大胆に飛ぶさまを、私は悲しい笑いをもって目に見るのだった。

ジェノヴァで私はもうひとつ大きな愛に恵まれた。晴れた風のある日で、お昼少しすぎのことであった。私は幅の広い胸壁に腕をつっぱっていた。うしろには多彩なジェノヴァの町があり、下では、大きな青い潮《うしお》がふくれ、動いていた。海だった。暗い怒号と、理解しがたい欲求とをもって、この永遠不変なものは、私に向かって打ち寄せて来た。私は、自分の中に何かこの青いあわ立つ潮と生死にわたって親しみあうもののあるのを感じた。

はるかな水平線も同様に力強く私をとらえた。幼年時代のようにまた、青がすむ遠景が、開かれた門さながらに、私を待っているのを、私は見た。自分は、人々のあいだや都市やアパートに安住するように生まれついてはおらず、異郷をさまよい、大海を漂流するように生まれついているのだ、という感情にふたたびとらえられた。神の胸に身を投げかけ、自分のささやかな命を、無限なもの、没時間的なものに堅く結びつけたいという、昔ながらの悲しい願いが、暗い衝動をもってこみあげて来た。

ラッパロで泳いで、私ははじめて海と取り組み、からい塩水を味わい、大波の力を感じた。青い清らな波、たいしゃ色の岸べの岩、深い静かな空、たえ間ない大きなざわめきなどに、私は取り囲まれた。遠くすべって行く船、黒い帆柱と白帆、遠ざかり行く汽船のかすかな煙のたなびきなどのながめが、たえず新たに私の心をとらえた。私の好きな、休むことなく動く雲について、ああいう船ほど、はるか遠くを走り、小さくなって、開いた水平線の中に消えてゆく船ほど、あこがれとさすらいを美しく厳粛に現わすものを、私は知らない。

私たちはフィレンツェに着いた。この町は、たくさんの絵や、それに十倍する夢の中で見知っているとおりの姿をしていた。——光ゆたかに、広々と、ここちよく、橋のかかった緑の川に貫かれ、明るい丘に取り囲まれていた。ヴェッキオ宮の大胆な塔が輝く空に奔放にそそり立っていた。美しいフィエーゾレが白くあたたかそうに太陽を浴びて丘に横たわっていた。丘という丘はみな、果樹の花盛りで、白とバラ色の薄ぎぬに包まれていた。軽快で陽気な、無邪気なトスカナの生活は、奇跡のように、私の目の前に現われた。私はまもなく、うちにいた時のいつよりも、しっくりした気持ちになった。幾日も昼は、寺院や広場や小路《こうじ》や柱廊や市場でぶらぶらと過ごし、夕方はもうレモンの熟していた丘の庭で夢みて過ごしたり、小さい単純なキアンティ酒の酒亭で、飲んだりだべったりして過ごした。その間に、画廊やバルジェロや修道院や図書館や聖器室などで、楽しい充実した時間を送り、午後はフィエーゾレや、サン・ミニアトや、セッティニャノや、プラートーへ行った。

家を出る前にきめた約束に従って、私はここでリヒャルトを一週間ひとり残して、豊かな緑のウンブリアの丘陵地帯を歩き、青春時代を通じ一ばんかぐわしい甘美な旅を楽しんだ。私は、聖フランシスの歩いた道をたどり、彼が自分と並んで歩いているように感じたことも少なくなかった。測り知れぬ愛にあふれる心をもって、あらゆる小鳥や泉や野バラの茂みに、感謝と喜びをこめてあいさつしながら。——日をうけて輝く斜面でレモンを摘んで食べ、小さい村に泊まり、ひとり心の中に歌い、詩を作り、アシジの聖者の寺で復活祭を祝った。

ウンブリア地方を歩いたこの一週間は、私の青春時代の絶頂であるとともに美しい夕ばえであったように、いつも思われる。毎日、私の心の中に泉がふき出した。神のやさしい目でものぞくように、明るいはなやかな春景色を見るのだった。ウンブリアでは、私は「神の楽人」聖フランシスをあがめながらその足跡をたどった。フィレンツェでは、十五世紀の生活をたえず思い浮かべて楽しんだ。私はすでに故郷で、われわれの今日の生活の形式に対する諷刺《ふうし》を書いていたが、フィレンツェに来てはじめて、近代文化のみすぼらしいこっけいさを感じた。あすこではじめて、自分はわれわれの社会では永久によそ人であるだろう、という予感に襲われた。あすこではじめて、この社会の外で、できるなら南国で生活を営みたい、という願いがめざめた。ここなら、私は人々とつきあうことができた。ここなら、生活ののびのびした自然らしさが楽しめた。しかもこの自然らしさの上に、古典的な文化と歴史の伝統があって、高貴にし洗練する作用を及ぼしていた。

美しい幾週かが輝かしく楽しく流れていった。リヒャルトもこれほど情熱的に陶酔したことはついぞなかった。はめをはずして愉快に私たちは美と享楽《きょうらく》の杯をほした。私たちは、へんぴな日だまりの暑い丘の村へ歩いて行き、宿屋の主人や、修道僧や、いなかの娘さんや、満足げな小さい村の牧師と友だちになり、素朴《そぼく》なセレナーデに耳を澄まし、くり色のかわいい子どもらにパンや果物を食べさせ、日あたりのよい丘から、春の光を浴びているトスカナ地帯や、はるかにきらきら光っているリグリア海をながめた。私たちはふたりとも、この幸福にふさわしく豊かな新しい生活をめざしていこう、という力強い気持ちをいだいた。仕事と戦いと享楽と名声とが、まぢかに輝かしく確実に私たちの目の前にあったので、私たちはあせらず幸福な日々を楽しんだ。別れが近くに迫っているとしても、それは一時的な軽い別れだと思った。なぜなら、私たちは、たがいになくてはならぬ相手であり、終生たがいに変わらぬ友であることを、いつよりも確信していたからである。

*

これが私の青春の物語であった。よくよく考えてみると、夏の一夜のように短かったように思われる。少しばかりの音楽、少しばかりの精神、少しばかりの愛、少しばかりの虚栄にすぎなかった――だが、それは美しく豊かで多彩で、さながらエロイジスの祝祭であった。

そしてそれは、風の中の灯火《ともしび》のように、たちまちみじめに消えてしまった。チューリヒでリヒャルトは別れを告げた。彼は二度列車からおりて来て、私にキスした。そして見えるかぎり、窓から私に向かって愛情こめてうなずきかけた。二週間後、彼は南ドイツのばかばかしいほど小さい川で泳いでいるうちにおぼれて死んだ。私はもう二度と彼に会わなかった。埋葬される時も、列席しなかった。数日たって、彼がもう棺《ひつぎ》に入れられて地中に横たわってのち、はじめて私は一部始終を聞いた。私は自分のへやのゆかに倒れ、神と人生を、あさましい恐ろしい、だいそれたことばでのろい、泣き、荒れ狂った。そのときまで、この年月のあいだ、自分のかち得た唯一《ゆいいつ》の確かな財産が友情であったとは、ついぞ思っても見なかった。それもいまは過ぎ去ってしまった。

町にいれば、毎日たくさんの思い出が私にからみついて、息詰まるようだったので、もうこれ以上、この町にいるに耐えなかった。もうどうなろうと同じことだった。私は魂の核心を病気におかされ、いっさいの生あるものに対し恐れをいだいた。破壊された私というものがふたたび起きあがって、新たに帆を張り、壮年のもっとにがい幸福に向かって進んで行く見こみは、当分乏しいように思われた。神は、私が私というものの最上の部分を純粋な楽しい友情にささげることを望んだ。二そうの速い小舟のように私たちは相たずさえて疾走した。リヒャルトのは、多彩な、軽い、幸福な、愛された小舟だった。私はそれに目を注ぎ、それがいつか自分を美しい目的地へひっ張って行ってくれるだろう、と信頼していた。いまそれは短い叫び声をあげて沈んでしまい、私は、とつぜん暗くなった水上を、かじを失って、さまようことになった。

きびしい試練に耐え、かじに従って方向をきめ、新しい航海にのぼって、人生の冠を得るために戦い、迷うことが、私の運命だったろう。私は友情と女性の愛と青春を信じてきた。いまはそれがつぎつぎと私を見捨てた。なぜ私は神を信じ、より強いその手にわが身をゆだねなかったのだろうか。しかし私は終生、子どものように小心で、しかも強情だった。ほんとうの生命があらしのように私を襲い、私を賢く豊かにし、大きな翼に乗せて、熟した幸福に向け私を運んで行ってくれるだろうと、私はいつも待ち受けていた。

しかし、賢明で、計算のこまかい人生は、沈黙したまま、私をただようにまかせた。人生は私にあらしも星も送らず、私がふたたび小さく辛抱強くなり、私の強情がくじけるのを待った。高慢と、知ったかぶりの喜劇を、私に演じさせておき、知らん顔をしてそれを見すごし、迷った子どもがふたたび母を見つけるのを待っていた。

五

ここで、一見これまでの生活より波乱に富み、多彩で、ひょっとすると小さな現代小説になりかねないような、私の生涯《しょうがい》の一時期が始まる。私は、あるドイツの新聞から編集者に招かれた次第を、自分のペンと毒舌をあまり自由に振るったため、難くせをつけられ、たしなめられた次第を、それから大酒飲みの評判をとって、結局、身のためにならぬけんかをして、職を辞し、通信員としてパリへ送られた次第を、このいまわしい都会で流浪者のような生活をし、なまけて暮らし、いろいろな方面ではめをはずした次第を語らねばならぬところだろう。
だが、読者の中にいるかもしれないわいせつな方々を出し抜いて、この短い時代を飛び越してしまったとしても、卑怯《ひきょう》だからではない。私は迷いに迷いをかさね、あらゆるけがれを見、その中にはまりこんだことを告白する。それ以来、おちぶれた芸術家のロマン的な傾向を愛する気持ちを失ってしまった。私が自分の生活の中にもまだ残っていた清らかなもの、よいものに執着し、あの失われた時代は失われたものとして、済んだものとして、かたづけることを、皆さんは許してくださらねばならない。

特にパリはぞっとするほど恐ろしかった。芸術、政治、文学、みだらな女のおしゃべりに明け暮れ、芸術家、文士、政治家、卑《いや》しい女に明け暮れるばかりだ。芸術家は政治家に劣らず見え坊であつかましく、文士はさらに輪をかけて見え坊であつかましかった。もっとも見え坊であつかましいのは、女たちだった。

あの晩、私はボア（森）の中にひとり腰をおろして、自分はパリを去るべきか、それともむしろすぐに人生そのものを去るべきか、考えこんだ。そのうち久しぶりで、自分の生活を脳裏に繰り返してみて、死んでもたいして失うところはない、という結論に達した。

しかしそのとき、ふいに、とっくに過去のこととなり忘れていたある日のことを、くっきりと思い浮かべた。——山の中の故郷の、夏の早朝のことで、私は寝台に向かってひざまずいていた。寝台には母が寝ており、死にかかっていた。

私はこんなに長いあいだあの朝のことを忘れてしまっていたのに、驚き恥じた。愚かな自殺の考えは消えてしまった。思うに、真剣な、脱線しきっていない人間は、健康なりっぱな命が消えるのを一度でも見たら、自分でいのちを断つことはできないからであろう。私は、母がふたたび死ぬさまを見た。母の顔に、その顔をけだかくしている死の静かな厳粛な働きを見た。死は、きびしく見えはしたが、迷った子を家へ連れもどす慎重な父親のように、力強く、またやさしくもあった。

死は、私たちの賢いよい兄弟であって、潮時を心得ているのだから、安心してそれを待っていればよいのだ、ということを私はとつぜんまた悟った。悩みや失望や憂愁が訪れるのは、私たちを不愉快にし、価値も品位もないものにするためではなく、私たちを成熟させ、光明で満たすためであることをも、私は理解し始めた。

一週間後、私の荷物はバーゼルへ発送された。私は徒歩で南フランスの美しい一角をさすらい、悪臭のような思い出となって私を追って来る不幸なパリ時代が日ごとに色あせ、ぼやけていくのを感じた。私は恋愛裁判にも立ち会い、城や水車場や納屋《なや》に泊まり、髪の黒い話し好きの若者と一しょに、ぽかぽかあたたまるブドウ酒を飲んだ。

くたくたになり、やせ、日焼けして、心も別人になって、二か月後、私はバーゼルに着いた。私の最初の大きなさすらいであって、多くのさすらいの最初のものであった。ロカルノーとヴェロナの間、バーゼルとブリークの間、フィレンツェとペルジアの間に、私がほこりまみれのくつを引きずって二度三度と通らなかった土地は、ほとんどない。――夢を追って歩いたのだが、その夢の一つさえまだ実現されていない。

＊

バーゼルで私は、町はずれの下宿にへやを借り、持ち物をほどき、仕事を始めた。だれひとり私を知るもののない静かな町で暮らすのは、うれしかった。二、三の新聞や評論雑誌との関係はまだ続いていた。私は仕事をして生きなければならなかった。はじめの数週はぐあいよくおちついていたが、しだいに昔なじみの悲しみがまたやって来て、幾日も幾週もつきまとい、仕事をしても去らなかった。憂愁がどんなものであるかを、みずから味わったことのないものには、それはわからない。なんと言い現わしたらいいだろう？　私は恐ろしい孤独感をいだいていた。私と、人々と、町や広場や家や往来の生活とのあいだには、たえず広いみぞがあった。大きな事故があったり、重要な事が新聞にのったりしても——私にはなんのかかわりもなかった。祝祭が祝われ、死んだ人が葬《ほうむ》られ、市《いち》が開かれ、音楽会が催された。——いったいなんのために？　私は外に出て、森の中や丘や国道をさまよい歩いた。身のまわりでは、草地や木立ちや畑が嘆くともなく無言で悲しみ、私を黙々と哀願するように見つめ、私に向かってなにか言い、歩み寄り、あいさつしたがっているようであった。しかし彼らはそこに横たわっているだけで、なにも言うことができなかった。私は彼らの悩みを理解し、悩みをともにした。私には彼らを救ってやることができなかったからである。

私は医者へ行き、詳しい手記を示して、私の悩みを説明しようと試みた。医者はそれを読んで、たずね、私を診察した。

「うらやましいほど健康ですよ」と彼はほめた。「肉体的にはどこも悪いところはありません。読書か音楽で心を朗らかにしてごらんなさい。」

「私は職業がら毎日新しいものをたくさん読んでいます。」

「とにかく外でいくらか運動をなさるといいでしょうな。」

「毎日三、四時間歩いています。休暇の時には少なくとも二倍は歩きます。」

「それじゃ、無理にでも人なかに出るようにしなければなりません。あなたは、ひどい人間ぎらいになる危険がありますよ。」

「それがどうしたというんです？」

「なかなか重大なことですよ。現在、交際ぎらいがひどければひどいほど、あなたはいよいよもって無理にでも人に会うようにしなければいけません。あなたの現在の状態はまだ病気というほどではありませんし、心配なことはなさそうです。しかし、そんなにひっこみ思案でぶらぶらしていると、しまいにはいつか平衡を失うかもしれませんよ。」

この医者は、物わかりのよい、好意のある人だった。彼は私を気の毒がって、ある学者を紹介してくれた。その人の家では、交際がさかんで、一種の精神的な文学的な生活が営まれていた。私は出かけて行った。皆は私の名を知っており、愛想よく、いや、心から私を迎えてくれた。私はたびたび出かけた。

ある晩秋の寒い晩やって行くと、若い歴史家と、たいそうすらりとした、黒い髪の少女がいた。ほかにはだれも客がいなかった。少女は、茶沸かし器をみながら、しきりに話し、歴史家に対し辛らつだった。あとで彼女は少しピアノをひいた。それから私に、私の諷刺を読んだが、いっこうおもしろくなかった、と言った。少女は利口だが、あまり利口すぎるように私には思われた。私はまもなく帰宅した。

そのうちみんなはしだいに、私がさかんに居酒屋を飲み歩いており、じつは隠れた大酒飲みだということを、かぎつけた。私はべつに不思議に思わなかった。かげ口なんていうものは、とかく大学関係の社交の男女のあいだで、一ばん花を咲かせていたからである。こういうことがばれたのは、恥ずかしくはあったが、私の交際の妨げにはならず、むしろ私を人気ものにした。というのは、皆はちょうど禁酒運動に熱中しており、紳士や淑女は禁酒協会の委員で、罪人がころがりこんで来ると、例外なしに喜んだからである。ある日、最初のいんぎんな攻撃が行なわれた。飲食店の生活のけがらわしさ、アルコール中毒ののろわしさなどを、すべて、衛生的、倫理的、社会的見地から考察するよう、説明された。そして協会のお祝いに列席するように招かれた。私は手放しに驚いてしまった。およそそんな協会や運動のことはそれまでいっこう知らなかったからである。音楽と宗教的な色彩を伴う協会の集まりは、たまらなくこっけいだった。私はそういう印象を隠さなかった。数週間にわたって押しつけがましい親切さでくどかれ、私はこの一件に極度に退屈してしまった。ある晩、またしても同じお説教を聞かされ、改心を切望されると、私はやけくそになって、そんなうるさい文句はもう免じてほしい、と強くことわった。例の若い少女がまた居合わせた。彼女は私の言うことを熱心に聞いていたが、そこで心から「すてき！」と言った。しかし私はあまりふきげんになっていたので、それに気づかなかった。

そんなことがあっただけに、盛大な禁酒家の大会の際、ささやかながらこっけいなへまが行なわれると、私は一段と愉快になってそれをながめた。大きな協会が、その本部で多数の客とともに食事をし、会議を開いた。演説が行なわれ、友情が結ばれ、合唱が歌われ、よい事の進歩が盛んな万歳をもって祝われた。旗持ちの役をおおせつかった小使いは、禁酒演説があまり長いのに、しびれをきらし、こっそり近所の居酒屋に忍びこんだ。厳粛なお祝いと示威の行進が街頭を練り始めると、事あれかしと思っていた酒飲みたちは、感激した人々の行列の先頭に立っている露払いが陽気に酔っぱらっており、青い十字架の旗がその腕の中で難破船のマストのように揺れるというおもしろい光景を見て、楽しんだ。

酔いどれの小使いは遠ざけられたが、個々の競争団体や委員会の内部に持ちあって、いよいよ愉快な花を咲かせた、きわめて人間らしい虚栄やしっとや陰謀の混乱は、遠ざけようもなかった。運動は分裂し、数人の野心家が名声をひとり占めにしようとし、彼らの名のもとに、改心しない酒飲みをだれかれの区別なしにののしった。高潔無私な協力者もいないことはなかったが、彼らは非礼な形で乱用された。近い関係にある人たちは、ここでも、理想的なレッテルのもとで、いろいろ不潔な人間性がふんぷんたる悪臭を放っているのを知る機会を得た。私はこういう喜劇を事のついでに第三者から聞いて、ひそかに愉快に思った。そして、よく夜飲んで家へ帰る道すがら、「見ろ、おれたち野蛮人のほうがずっといい人間だぞ」と考えた。ライン河をのぞむ高い見晴らしのよい小さいへやで、私はしきりに勉強し、物思いにふけった。人生がこうして私のそばを通って行くばかりで、強い流れが私をさらって行くことも、はげしい情熱や共鳴が私を熱中させることも、うつろな夢から脱却させることもないのに、私は絶望的になった。なるほど日々しなければならないことのかたわら、初期の聖フランシス派の人々の生活を描くはずの作品の準備の勉強をしていた。しかしそれは創作ではなく、ふだんのつつましい材料集めにすぎず、私のあこがれの衝動を満足させはしなかった。私は、チューリヒやベルリンやパリを思い出しながら、同じ時代の人々の、本質的な願望や情熱や理想を明らかにしようとしはじめた。ある人は、従来の家具や壁かけや衣服を排除して、もっと自由なもっと美しい環境に人間を慣れさせよう、と努めていた。またある人は、ヘッケルの一元論を通俗的な書物や講演によって普及させよう、とほねをおっていた。またある人々は、永久の世界平和を招来することを、努力しがいのあることと考えた。またある人は、飢える下層階級のために戦い、あるいは劇場や博物館が、民衆のために建てられ、開かれるようにと、寄付を集めたり、講演をしたりした。このバーゼルでは酒が攻撃の的になっていた。

これらの努力にはどれにも、生活と衝動と運動があった。しかし私にはどれひとつ重要で必要だと思われなかった。それらの目標のすべてが今日達成されたとしても、私と私の生活に触れるところがなかっただろう。希望を失って、私はイスにぐったりと腰を沈め、本や紙を押しのけて、すっかり考えこんだ。すると、窓外にライン河が流れ、風のざわめく音が聞こえた。私は感動して、いたるところで待ち伏せている大きな憂愁とあこがれのことばに耳を傾けた。色あせた夜の雲がおおきくちぎれて、おびえた鳥のように空中をはためいて行くのを見、ライン河の流れて行くのを聞き、私は母の死を、聖フランシスを、雪の山中の故郷を、おぼれ死んだリヒャルトを思い出した。レージー・ギルタナーのためにシャクナゲを折ろうと岩壁によじのぼる自分を、チューリヒで本や音楽や対話に興奮している自分を、アリエッティと夜の湖でボートに乗っている自分を、リヒャルトの死に絶望し、旅し、帰来し、回復し、またみじめになった自分を見た。なにをめざして、なんのために？　おお、神よ、すべては一つの戯《たわむ》れ、偶然、描かれた絵にすぎなかったのか。私は精神を、友情を、美を、真理を、愛を求めて戦い、その欲情の苦悩をなやみはしなかったか。あこがれと愛の熱くるしい大波が、依然として私の心中にわきあがってはいなかったか。しかも、すべてはなんのかいもないこと、私を悩ますばかりで、だれをも楽しませないことだったのか！

そうなると、居酒屋に行かずにはいられなくなった。私はランプを吹き消して、手さぐりで急な古いラセン形の階段をおり、フェルトリーン・ブドウ酒ホールかワートトラント・ブドウ酒酒房へ出かけて行った。そこでは、私はいつも鼻っぱしが強く、ときにはひどく乱暴だったにもかかわらず、良いお客として尊敬をもって迎えられた。私は、読むたびに腹のたつ諷刺《ふうし》雑誌ジンプリチシムスを読み、ブドウ酒を飲み、それに慰められるのを待った。甘い酒神は女のような柔らかい手でさわってくれ、私の手足を快く疲れさせ、私の迷った魂を美しい夢の国へ、お客として導いてくれるのだった。

私はときおり自分でも、どうしてあんなに人を無愛想にあしらい、どなりつけることに一種の慰みを持ったのか、不思議に思った。行きつけの料理店では、女の給仕たちは、年中文句ばかりつける山出しのうるさ型として私を恐れ、けぎらいしていた。ほかの男と話を始めると、私は嘲笑《ちょうしょう》的で粗暴だった。もちろん相手もそれにならった。それにもかかわらず、数人の飲み仲間ができた。みんなもういい年をした、手におえない飲んだくれだった。私は彼らと時折り一晩飲みあかし、まがりなりにつきあった。特にその中に相当の年の無法者がいた。職業は下絵画工で、女ぎらいで、わいせつ漢で、第一級の折り紙つき大酒飲みだった。彼が晩どこかの居酒屋でひとりで飲んでいるところにぶつかると、きまって痛飲が始まった。まず、だべり、しゃれを飛ばし、かたわら赤いブドウ酒の小ビンが一本あけられる。そのうちそろそろ飲むほうが主になり、話は眠ってしまう。私たちは黙々と向かいあってうずくまり、めいめいブリサゴー葉巻きをすい、かってに自分のビンをあけた。そうなるとたがいに対等で、いつも同時にビンを満たさせ、たがいになかば尊敬をもち、なかば意地悪な快感をもってながめあった。晩秋、新酒のできるころ、私たちは連れ立ってマルクグラーフのブドウ村を歩いたことがある。キルヒェン村のヒルシュ軒で、この老いぼれは身の上話を聞かせた。それはおもしろくて奇抜だったと思うが、残念ながらすっかり忘れてしまった。頭に残っているのは、もう彼の晩年のころのことであるが、飲んだくれた一席の話だけである。どこかいなかの村祭りの時のことだったそうだ。有力者のすわる食卓のお客になった彼は、牧師や村長をはやばやとしたたかに酔っぱらわせてしまった。ところが、牧師はまだ演説をしなければならないことになっていた。皆はやっと牧師を演壇に引きずりあげたが、そこで彼はとんでもない文句をならべたので、またひっぱりおろされるはめになった。そこで穴埋めに村長が飛び出して、えらい勢いで即席演説を始めたが、激しい動作のため急に気分が悪くなり、祝辞を異例なぶざまな形で終えねばならなかった。

この話やそのほかの話を、私はあとでもう一度させたいと思っていた。ところが、射撃祭の晩、仲直りしようのないけんかが私たちのあいだに起こって、たがいにひげをむしりあい、あげくのはて、腹をたてて別れてしまった。その後、二、三回、私たちはかたき同士として酒場で顔を合わせたことがあるが、もちろんめいめい別な食卓についていた。古い習慣で私たちはたがいに黙々とながめあい、同じ速度で飲み、とっくにふたりだけが最後の客になり、とうとう引き上げてくれと言われるまで、ねばっていた。だが、ついに仲直りするにはいたらなかった。

自分の悲しさと生活の無能さの原因を、いくらくよくよ考えてみても、なんのかいもなく、疲れるばかりだった。といって、自分が使い古されてだめになった、とはどうしても感じられなかった。むしろ、暗い衝動でいっぱいで、しかるべき時が来れば、なにか深いりっぱなものを作り出し、思いのままにならぬ人生からせめて一つかみの幸福を奪い取ることができるだろう、と思った。だが、そのしかるべき時がいつか来るだろうか。私の内には強い力が使われずに、捨ておかれているのに、あの現代的な神経衰弱的なお歴々が、無数の人工的な刺激によって芸術的な仕事に向かって自分をかきたてているのを考えて、にがにがしい思いがした。そして私はまた、自分のはち切れそうに強いからだの中に、どんな障害や魔精がひそんでいて、自分の魂を停滞させ、ますます重苦しくするのか、と考えこんだ。すると、自分は特殊な、失敗した人間で、この苦悩はだれにも知られず、理解されず、同情もされないのだ、という奇妙な考えまでわいてきた。憂うつは人を病気にするばかりでなく、ひとりよがりに、近視眼的に、いや、高慢にさえする。それが憂うつの悪魔的な点である。ハイネの歌った味気ないアトラスのような気持ちになる。アトラスはひとりで世界のあらゆる苦痛となぞを肩にしょっているのに、他の無数の人々は、同じ苦悩を忍んだり、同じ迷路をさまよったりしていないかの観がある。自分の性質や癖の多数は、私のものというより、むしろカーメンチント家代々の財産、いや、災厄《さいやく》なのだという考えは、私のように孤立し、故郷を離れていては、すっかり影をひそめてしまっていた。

数週間ごとに、私はまたねんごろな学者の家へ行った。しだいに、そこに出入りする人々をほとんどみんな知った。大部分は若い大学関係者で、中にはドイツ人もおおぜいいた。あらゆる学科にわたっていたうえ、数人の画家や音楽家、夫人や娘をつれた市民もいた。私を珍客として迎える彼らを、私はしばしば驚きをもって見つめた。彼らはたがいに毎週いくども会っていることがわかった。いったいいつも何を話しあい、何をしているのだろう？　大部分のものは、社交的人間のきまりきった型をしていた。私だけが持っていない社交的な一律な精神によって、彼らはみな少し似かよっているように思われた。なかには、純粋な優秀な人も少なくなかった。彼らは、たえず社交の世界にいるにもかかわらず、新鮮さや個性的な力を、明らかに少しも失っていなかった。あるいは、たいして失っていなかった。こういう人のひとりひとりとなら、私は長いあいだ興味をもって話すことができた。しかし、ある人のところから他の人のところへと移って行き、だれのところにも一分間立ちどまり、女たちにはいいかげんにおせじを言い、一杯のお茶と二つの対話とピアノ曲に同時に注意を向け、しかも心をひかれ、満足した顔をする、そんなことはできなかった。文学や芸術について話をしなければならないのは、私にはたまらないことだった。この分野では、考えられることはきわめて少なく、きわめて多くのうそが語られていること、いずれにしても、あきれるほど多くのおしゃべりがなされていることを、私は悟った。そこで私も一しょにうそをついたが、いっこう楽しくなかった。そんな無益なおしゃべりは退屈で冒瀆《ぼうとく》的だった。それより私はずっと好んで、婦人が子どものことを話すのを聞いたり、自分で旅行やささやかな日常の経験や、そのほか現実的なことを話したりした。そうすると、ときとしてはしっくりした、楽しい気持ちにさえなれた。しかし、そういう晩のあと、私はたいていブドウ酒を飲ませる家に行って、のどのかわきと、味気ない退屈を、フェルトリーン酒で洗い落とすのだった。

こういう会合の一つで、私は例の髪の黒い若い少女にまた会った。おおぜいの人がいて、音楽をしたり、いつもの大騒ぎをしたりしていた。私は画帳を持って、わきのほうのランプのかたすみにすわっていた。トスカナの風景だが、ありふれた、いくどとなく見たけばけばしい絵ではなく、もっとしっとりした、個人的にスケッチした風景画で、たいていは主人の旅行仲間や友人の贈り物だった。私は、サン・クレメンテの寂しい谷間の窓の、狭い石造りの小さい家のスケッチを見つけた。それには見おぼえがあった。そこをいくども散歩したことがあるからである。この谷はフィエーゾレのすぐ近くにあるのだが、古い遺跡がないので、旅行者の多くはそこをけっして訪れない。渋味のある、一風かわった美しさのある谷で、うるおいがなく、ほとんど住む人もなく、高いきびしいはげ山にはさまれて、浮き世ばなれしており、憂うつで、人跡まれなところだった。

少女が歩み寄って来て、私の肩越しにのぞきこんだ。

「なぜいつもそんなにひとりでいらっしゃるの？　カーメンチントさん。」

私はむっとした。男たちからかまわれないので、私のところへ来たんだな、と思った。

「あら、お返事もしていただけませんの？」

「ごめんなさい、お嬢さん。でも、なんとお返事したらいいんでしょう。私は、ひとりでいるのが楽しいから、ひとりでいるんです。」

「じゃ、おじゃまでしたの？」

「あなたはおかしな方ですね。」

「恐れ入ります。でも、おかしいのはまったくおたがいさまですわ。」

そこで彼女は腰をおろした。私は絵を指からはなさず持ち続けていた。

「あなたは高地の方ですわね」と彼女は言った。「高地のことをうかがいたいわ。

兄の話ですと、あなたの村には姓は一つしかなくて、みんなカーメンチントっていうんですってね。ほんとう？」

「そんなところです」と私は無愛想に言った。「しかし、フュースリーという名のパン屋もいます。ニーデガーという料理屋のおやじもいます。」

「そのほかはカーメンチントばかりですの？　そしてみんな親類同士ですの？」

「多かれ少なかれ。」

私はスケッチを彼女に渡した。彼女はその紙をしっかりと持った。そういう絵の正しい持ち方を彼女が心得ているのを、私は見てとったので、私はそれを彼女に言った。

「ほめてくださるのね」と彼女は笑った。「でも、学校の先生のようなほめ方ですのね。」

「それをごらんにはならないんですか」と私はぶっきらぼうにきいた。「見ないんでしたら、しまいますが。」

「いったいなにをかいたんですの？」

「サン・クレメンテです。」

「どこですって？」

「フィエーゾレのそばです。」

「そこにおいでになったことがありますの？」

「ええ、いくども。」

「谷の景色はどうですの？　この絵はほんの一部ですわね。」

私は物思いにふけった。厳粛な、けわしい美しさの景色が、目の前に現われてきた。それをしっかりとらえるために、なかば目を閉じた。しばらくして私はやっと話し始めた。彼女がじっと待っていてくれたのは、うれしかった。私が物思いにふけっていることを、彼女は理解したのだ。

サン・クレメンテが黙々と、夏の午後の日に焼きつけられて、ひからびながら堂々と横たわっている光景を、私は描いた。そばのフィエーゾレでは、工業を営み、麦わら帽子やかごを編み、記念品やオレンジを売り、旅行者をだましたり、物ごいしたりしている。ずっと下にはフィレンツェが横たわり、古い生活と新しい生活を包含している。しかし、その両者ともサン・クレメンテからは見えない。そこで仕事をした画家はなく、ローマ人の建築も存在しなかった。歴史は貧しい谷を忘れた。

だが、そこでは、太陽と雨が大地と戦っている。そこでは、傾いたカサマツが苦労して生命にしがみついている。数本の糸スギがやせたこずえを空中にのばし、かわいた根でつないでいる乏しい命を縮めるいじわるなあらしが近づきはしないかと、さぐっている。ときおり、近くの大きな農場から来た雄牛車が通りかかる。あるいは百姓の家族がフィエーゾレに向かって巡礼して行く。しかしそれはときたまの客にすぎない。ほかなら浮き浮きと楽しげに見える農婦の赤いスカートも、ここでは目ざわりで、なくもがなと思われる。

私は若くしてひとりの友とともにそこをさすらい、糸スギの下に寝たり、そのやせた幹にもたれたりしたこと、奇妙な谷の悲しく美しい寂しい魅力が、私に故郷の峡谷を思い出させたことなどを、彼女に語った。

私たちはしばらく黙っていた。

「あなたは詩人ですのね」と少女は言った。

私は顔をしかめた。

「ちがった意味で申したのよ」と彼女は言い続けた。「あなたが小説などをお書きになるから、そう申したのではなく、あなたが自然を理解し、愛していらっしゃるからです。木がざわめいたり、山が太陽に輝いたとしても、ほかの人たちにはそれがなんでしょう？　でも、あなたにとっては、そこに生命があるのです。それとあなたはともに生きることができるのです。」

私は、「自然を理解する」なんてことはだれにもできない、どんなに探ったり理解しようと欲したりしても、見つかるのはなぞだけで、悲しくなるばかりだ、と答えた。日なたに立っている木、風化する石、動物、山――そういうものは生命を持ち、歴史を持っている。生き、悩み、さからい、楽しみ、死ぬ。しかしわれわれはそれを理解しない。

私は話しながら、そして彼女がじっと黙って傾聴してくれるのをうれしく思いながら、彼女を観察し始めた。彼女のまなざしは私の顔にそそがれ、私のまなざしを避けなかった。彼女の顔は実に静かで、余念なく、注意のため少し緊張していた。まるで子どもが私の言うことを聞いているようだった。いや、そうではなくて、おとなが傾聴しているうちにわれを忘れ、知らず知らず子どものまなざしになっているようだった。観察しているあいだに、私は徐々に、邪心のない発見者の喜びをもって、彼女が非常に美しいことを発見した。

私がもう口をきかなくなると、少女もじっと黙っていた。それから彼女ははっとして立ちあがり、ランプの光をまぶしそうに見て、またたきした。

「お嬢さん、あなたのお名まえはなんとおっしゃるのですか」と私はたずねた。べつにたいした考えがあるわけではなかった。

「エリーザベト。」

彼女は立って行った。そのあとすぐピアノをひくようにせがまれた。彼女はじょうずにひいた。だが、私はそばに行ってみると、彼女がもうそんなに美しくないのを知った。

家に帰ろうとして、感じよく古風な階段をおりて行くと、玄関でコートを着ているふたりの画家の対話が、二こと三こと私の耳にはいった。

「ねえ、きみ、あいつ、ひと晩じゅう、きれいなリスベートさんを相手にしていたね」とひとりが言って、笑った。

「静かな流れはなんとやらでね」と相手が言った。「目のつけどころは相当なもんだよ。」

では、もうサルどもはあの話をしているのか。私はふいに、自分が心ならずもあの未知の若い少女に、しみじみとした思い出や、自分の内的生活をなにかと打ち明けてしまったことに気づいた。

どうしてあんなことをしてしまったのか。早くもこういう口さがない連中は！——悪党どもめ！

私は立ち去って、数か月その家に足を踏み入れなかった。たまたまあのふたりの画家のひとりが、まず第一に、往来で私にそのことを問いただした。

「なぜあなたはもうお出かけにならないんですか。」

「ひどいおしゃべりは我慢ならんからですよ」と私は言った。

「まったく、あすこの婦人たちはね！」と彼は笑った。

「いや」と私は答えた。「ぼくは男の人のことを、特に絵かきさんのことを言ってるんですよ。」

その数か月のあいだ、私はごくまれにエリーザベトに往来で会った。一度は商店で、一度は美術館で。——たいてい彼女はかわいくはあったが、きれいではなかった。ひどく細っそりした彼女の姿勢や動作には、なにか並みはずれたところがあって、たいていの場合それが飾りになり、彼女を引き立たせていたが、いくらか度を越して、わざとらしく見えることもあった。その時、美術館では、彼女は美しかった。非常に美しかった。彼女は私に気づかなかった。私はわきのほうにこしかけて休息し、目録を繰っていた。彼女は私のそばでセガンティニの大きな絵の前に立ち、まったく絵に吸いこまれていた。アルプスのやせた牧草地で働く二、三人の農家の娘を描いた絵で、背景には、シュトックホルン群峰でも思わせるように、ぎざぎざのけわしい山々があった。その上には、冷たく明るい空に、言いようもなく天才的に描かれたぞうげ色の雲が浮かんでいた。異様にこんがらかった、うずを巻いた雲のかたまりは、ひと目で人の心をひきつけた。それはいましがた風に巻かれ、これられて、上昇し、徐々に飛び去り始めたように見えた。エリーザベトは、すっかり心を打ちこんでこれに見入っているところを見ると、明らかにこの雲を理解しているのだ。いつもは隠れている魂が顔に現われてきて、大きく見はられた目の中からかすかに笑い、細すぎるくらいの口を子どものように柔らかくし、まゆ毛のあいだの利口すぎるきついしわをなくしていた。大きな芸術品の美しさと真実に促されて、彼女の魂もいやおうなしに美しく真実にありのままに現われたのであった。

私はそばにじっとこしかけたまま、美しいセガンティニの雲と、それにうっとりとしている美しい少女とを見つめた。そのうち、彼女が振り向いて私を見つけ、話しかけるとともに、彼女の美しさが消えてしまいはしないかと、心配になって、私は急いでこっそり陳列室を出た。

そのころ、語らぬ自然に対する私の喜びと関係とが変化し始めた。いくどとなく私は町のすばらしい周辺へ、特にもっとも好んでユラ山脈へさすらい出た。いくどとなく森や山や牧草地や果樹や茂みを見、彼らがなにかを待っているのを知った。たぶん私を待っていたのだ。いずれにしても愛を待っていたのだ。

こうして私はこれらのものを愛し始めた。私の心中には、彼らの無言の美しさに対する強い渇望《かつぼう》がわいてきた。また、深い生命とあこがれがこみあげてきて、自覚され、理解され、愛されることを求めた。

多くの人は「自然を愛する」と言う。それは、彼らが随時自然の示す魅力を受け入れることをいとわない、というほどの意味である。彼らは外へ出て、大地の美しさを喜び、牧草地を踏みにじり、ついにはたくさんの花や枝をもぎとり、すぐまた投げ捨てるか、家でそれがしおれるのをながめるかする。彼らはこんなふうに自然を愛する。彼らは、日曜日に天気がいいと、この愛を思い出す。そして、自分のやさしい心に感動する。実際はそんなものは不必要だったろう。「人間は自然の王冠」なのだから。ああ、王冠だとは！

こうして私はいよいよむさぼるようにものごとの深淵《しんえん》をのぞいた。風がさまざまな音を立てて樹頭にひびくのを聞いた。小川が峡谷に高鳴るのを、ゆるやかな静かな大河が平原を流れるのを聞いた。私は、これらの音が神のことばであり、この幽玄な根源的に美しいことばを理解すれば、楽園の再発見になるだろうということを、知った。書物はこのことばをほとんど知らない。聖書にだけ、被造物の「言いがたき嘆き」というすばらしいことばがある。しかし、いつの時代にも、私と同じように、この理解されないものに心を打たれ、日々の仕事を捨てて、静寂をたずね、被造物の歌に耳を澄まし、雲の去来をながめ、静まることのないあこがれにかられて、祈りの腕を永遠なものにささげる人のいることを、隠者やざんげ者や聖者のいることとを、私はほのかに感じた。

きみはピサを、あのカンポサント（墓地）をたずねたことはないだろうか。その壁は、過去のいく世紀かの色あせた絵で飾られている。その一つは、テーバイの砂漠の隠者の生活を示している。素朴《そぼく》な絵で、色もあせているが、今日なお、そこからは幸福な平和な魅力が流れ出ているので、きみは急に苦悩のわくのをおぼえ、どこか浮き世はなれた遠い聖地で罪とけがれを涙で流し、もうもどって来るまい、と願うだろう。無数の芸術家が、こうして郷愁を聖なる絵で表現しようと試みた。ルードヴィヒ・リヒターの小さい愛らしい子どもの絵の一枚一枚が、ピサの壁画と同じ歌を歌っている。なぜティチアノは、現実的なものや肉体的なものを好んで描いたのに、その明快な具体的な絵に、甘美きわまるはるかな空色を、しばしば背景に添えたのだろうか。それは紺青《こんじょう》のあたたかい色の一はけにすぎない。ティチアノが表わそうとしたのが、遠い山々であるのか、それとも無限な空間にすぎないのかは、わからない。写実家ティチアノは、自分でもそれがわからなかったのだ。美術史家の主張するように、彼は色の調和という根拠にもとづいてそうしたのではなく、この陽気な幸福な人の魂の中にも隠れて生きていた、抑えがたいものに対し、彼なりにみつぎ物をささげたのであった。こうして芸術はいつの世でも、われわれの中にある神性の無言の願いにことばを与えようと、努力してきたのだ、と私には思われた。

聖フランシスは、それをもっと円熟した形で、もっと美しく、しかしはるかに子ようになった。そのころになってはじめて、私は彼を十分に理解するようになった。彼は、大地全体を、植物を、星を、動物を、風を、水を、神への愛の中に包含することによって、中世を追い越し、ダンテをさえ追い越し、時間を絶した、人間的なもののことばを見いだした。自然のあらゆる力と現象を、彼は愛する兄弟姉妹と呼んだ。晩年、医者たちから、まっかに焼ける鉄でひたいを焼くように、と宣告された時も、彼は、ひどい苦しみを受ける重病人の不安のまっただなかにあって、この恐ろしい鉄の中にも、「愛する兄弟なる火」を迎えたのであった。

私は、自然を人格として愛し、外国語を語る旅の道連れなる友でもあるように、自然に耳を傾け始めてから、私の憂愁はいやされはしなかったが、高貴にされ、清められた。耳と目は鋭くなった。私は微妙な調子や差異をとらえることを覚えた。そして、いっさいの生命の鼓動をいよいよ近く、いよいよはっきりと聞きたい、できることならいつかそれを理解するようになり、それに詩人のことばで表現を与える才能にあずかりたい、それによってほかの人もその鼓動に一そう近づき、よりよい理解をもってあらゆるよみがえりと浄化と童心との源泉を訪れるように、とあこがれた。さしずめそれは願望であり、夢であった。――いつかそれが実現するかどうかは、わからなかった。私は、目に見えるあらゆるものに愛をささげ、どんなものももはや無関心に、あるいはけいべつをもって見ない習慣をつけることによって、身近なものを手がかりにした。

このことが私の暗い生活にどんなに心機一転と慰めの働きを及ぼしたか、それを言うことはできない！　無言の、不断の、情熱を脱した愛情より高貴で、より多く幸福をもたらすものは、この世にない。私の文章を読む人々のうち、数人でも、ただのふたりでも、あるいはひとりでも、私の刺激によってこの純粋な幸福なわざを習得し始めんことを、私はなによりもせつにお願いする。生まれつきこのわざを身につけており、一生涯《いっしょうがい》無意識にそれを実行している人も、少なくない。それは神に愛されているものであり、人間のあいだの善人であり、子どもである。このわざを苦しい悩みを経て習得したものも少なくない。——きみたちは、身障者や悲惨な人たちのあいだに、ひいでた、静かな、輝く目を持った、そういう人を見たことがないだろうか。もしきみたちが私の貧しいことばに耳を貸すことを欲しないなら、彼らのところへ行くがよい。彼らにおいては、欲望のない愛が苦悩を克服し、光で満たしているのだから。

こういう完成ぶりを私は往々貧しい忍従者に認めて尊敬するのであるが、今日なお私はその域にはるか遠い。しかし、この年月のあいだ、自分は完成への正しい道を知っているという、心なぐさむ信念を失ったことは、めったにない。

それではその正しい道をいつも歩いたかというと、そうは言えない。むしろ私は途中であらゆるベンチに腰をおろしたし、悪いまわり道をいくどもいとわずやった。二つの利己的な強い性癖が、私の心中で真実の愛にさからって戦った。私は酒飲みで、人間ぎらいだった。いかにも酒の量はずいぶん減らしはしたが、数週間ごとに、おせじのうまい酒神に説き伏せられて、私はそのふところに飛びこんでしまうのだった。往来に寝ころがってしまうとか、それに類するような夜の醜態を演じるとかいうようなことは、確かにまずなかった。というのは、酒は私を愛しており、誘惑するとしても、酒神の精神が私の精神と仲よく話しあう程度だったからである。それにしても、飲んだくれたあとでは、いつも長いこと良心のやましさに責められた。しかし結局、酒に対しては強い執着を父から受けついでいたので、これに対してだけは愛を断ち切ることができなかった。幾年にもわたって私は、この親譲りの財産を念入りにうやうやしくはぐくみ、徹底的に自分のものにした。そこで私は一策を案じ、欲望と良心とのあいだに、まじめ半分冗談半分の契約を結んだ。つまり、アシジの聖者の賛歌の中へ、「わが愛する兄弟なるブドウ酒」を加えたのである。

六

私のもひとつの悪徳のほうがずっといけなかった。私は人間がどうも好きになれず、隠者のように暮らし、人間のことに対しては、いつもあざけりとけいべつを用意していた。

新しい生活の初めに際しては、まだそのことはまったく考えていなかった。人間は人間同士にまかせ、自分の愛情と献身と関心は、もっぱら自然の無言な生命にささげれば、それで正しいと思っていた。実際、はじめのうちは自然が私をまったく満たしてくれた。

夜、寝ようとすると、丘とか、森のふちとか、もう久しく訪れない自分の好きな一本立ちの木とかが、ふと胸に浮かんでくるのだった。いまごろあの木は夜風に吹かれ、夢み、たぶんまどろみ、うめき、枝を動かしているだろう。どんな様子をしているかしら？　そこで私は家を出て、その木を訪れ、暗やみにおぼろな姿が立っているのを見つけ、驚嘆の愛情をこめてながめ、そのほのかな姿を心にいだいて帰るのだった。

きみたちはそれを笑うだろう。たぶんこの愛は尋常ではなかっただろうが、浪費されたものではなかった。だが、ここから人間愛へ通じる道を、私はどのようにして見いだしたら、よかっただろう？

さて、糸ぐちができれば、いつだって最上のものがひとりでについて来るものだ。私の大きな創作の思いがいよいよ近く具現しそうに浮かんできた。だが、私の愛人が私に、いつか詩人として森や川のことばを語ることができるようにしてくれたとしても、そのときだれのために語ったらいいのだろう？　単に私の愛する自然界のもののためだけでなく、なによりも人間のためでありたかった。私は人間のために導き手となり、愛の師になろうと欲したのだった。しかも私はこの人間に対し、粗暴で、嘲笑《ちょうしょう》的で、愛情を持たなかった。私はこの矛盾を感じて、このそっけない冷淡さを克服し、人間にも兄弟らしい気持ちを示す必要を感じた。それは困難だった。なぜなら、孤立といろいろな運命が、まさにこの点で私を強情にいじわるにしていたからである。うちや飲食店でいくらか感じをやわらげるように努め、道で会った人にうちとけてうなずきかける、というだけでは十分でなかった。そうするにつけても、私は人々に対する関係を根本からそこねてしまっていることを、早くも悟った。なにせ皆は、私が親しくしようと試みても、それを疑い深く冷たく迎えるか、あざけりと受け取るかしたのである。一ばんいけなかったのは、知りあいの家といえばあの学者の家だけだったのに、かれこれ一年もそこに寄りつかなかったことだった。なによりまずそこをおとずれて、この土地流の社会への手づるをなんとか探さねばならないことを、私は悟った。

さて、ここで、自分であざけっていた私の人間らしさがおおいに役だった。あの家を思い出すや否や、心の中でエリーザベトの美しい姿を、セガンティニの雲の前に立っている姿を見た。すると、とつぜん、私のあこがれと憂愁とに彼女がどんなに深い関係を持っているかに気づいた。そしてはじめて、婦人に求婚することを真剣に考えるにいたった。それまで、自分は結婚生活なんかまったくできないと思いこんでいたので、私ははげしい皮肉をもってあきらめていた。私は詩人で、放浪者で、酒飲みで、変人だった！　ところが、いま私は、運命が、愛の結婚を可能にすることによって、人間世界への橋を私のためにかけてくれようとしているのだと、自分の運命を知りえたように思った。万事が非常に魅惑的で確実に見えた！　エリーザベトが私に同情を寄せていることを、また彼女が感じやすくけだかい性質を持っていることを、私はかねて感じもし、見もした。サン・クレメンテのことを話していた時に、それからセガンティニの絵の前に立った時に、彼女の美しさがどんなに生き生きとしてきたかを、私は思い出した。しかし私は年来、芸術や自然から豊かな内的な宝を集めていた。いたるところにまどろんでいる美を見ることを、彼女は私から学ぶだろう。そういうふうにして、美しいものと真実なものをもって彼女を取り囲んでやれば、彼女の顔と魂はあらゆる曇りを忘れて、その持ちまえを十分に発揮することができるだろう。不思議なことに、私は自分のとつぜんな変化のこっけいさをまったく感じなかった。孤独で変人の私が、一夜にして恋にのぼせたしゃれ男になり、結婚の幸福と自分の所帯の創設を夢みるようになった。

大急ぎで私は例の社交的な家を訪れ、親しい非難をもって迎えられた。いくども出かけているうち、数回の訪問ののち、そこでまたエリーザベトに会えた。ああ、彼女は美しかった！　私が自分の恋人として想像していたとおりに、美しく幸福に見えた。私は一時間のあいだ、目の前に見る彼女の楽しい美しさを味わった。彼女は私をやさしく、それどころか、心をこめ、隔てない友情をもって迎えてくれた。私は幸福になった。

＊

湖上にボートを浮かべたあの晩のことを、きみたちはまだおぼえているだろうか。赤いちょうちんで飾られ、音楽のかなでられた晩のことを、私の恋のうちあけが芽ばえのうちに窒息させられた晩のことを、おぼえているだろうか。あれは、恋する少年の悲しいこっけいな物語だった。

なお一そうこっけいで――悲しいのは、恋するおとなペーター・カーメンチントの物語である。

私はたまたま、エリーザベトが少し前に婚約者になっていると聞いた。私は彼女にお祝いを言い、彼女をつれに来た婚約者と知りあいになり、彼にもお祝いを言った。ひと晩じゅう好意にあふれた保護者の微笑を、私は顔に浮かべていたものの、私自身にもわずらわしい仮面のようだった。そのあと、私は森の中へも飲食店へもかけこまず、ベッドにこしかけて、ぼうぜんと、衝撃に打たれて、ランプを見つめていた。やがて、いやなにおいを放ってランプが消えると、やっと意識が目ざめた。すると、苦痛と絶望がまた黒い翼を私の上にひろげたので、私は打ち砕かれて、小さくなり、力なく横たわり、少年のようにすすり泣いた。

それからリュックサックを詰めて、私は翌朝、停車場へ行き、うちに帰った。またゼンアルプ峰によじ登り、幼年時代をしのび、父がまだ健在であるかどうか見たい、という願いをそそられたからである。

私たちはたがいによそよそしくなっていた。父はすっかり白髪になり、少し腰がまがり、少しみすぼらしい格好だった。父は私をやさしく遇したが、遠慮がちで、なにもたずねず、自分の寝台を私に譲ろうとした。私の帰省に驚いたばかりでなく、当惑したらしかった。父は、家は持っていたが、牧草地と家畜は売り払い、ささやかな利子を得ていた。そして、あちこちで少しばかり軽い仕事をしていた。

父が出て行って、ひとりになると、私は、以前母の寝台のあった場所に歩み寄った。過去が、広い静かな川のように私のそばを流れ過ぎた。私はもう若者ではなかった。歳月はなんと早く過ぎ去ることだろうと、考えた。やがて自分も、腰のまがったしょんぼりした白髪の老人になって、つらい死の床に横たわることだろう。私が幼い日を送り、ラテン語を学び、母の死を見た、古いみすぼらしいへやは、ほとんど変わっていなかった。ここでこういうことを考えていると、心をおちつかせてくれる自然らしさがあった。私は感謝をこめて、青春時代の豊かさをくまなく思い出した。すると、フィレンツェでおぼえたロレンツォ・メディチの詩句が頭に浮かんだ。

　青春はいかばかりうるわしき。
　されどそははかなく過ぎ行く。
楽しからんものは、楽しめ。
あすの日はたしかならず。

同時に私は、イタリアや歴史や広い精神の国の回想を、この古い故郷のへやに持ちこんだのを、不思議に思った。

それから私は父にいくらかの金をやった。夕方、私たちは飲食店へ行った。そこではなにもかも昔のとおりだった。ただこんどは私がブドウ酒の代を払い、父は星のブドウ酒やシャンパンの話をするとき、私を引き合いに出し、いまでは私のほうが父より余計飲める、というだけだった。昔おいぼれの百姓のはげ頭にブドウ酒をぶっかけてやったことがあるが、あの老人はどうしたのか、と私はたずねた。彼はとんちのきく男で、悪知恵の天才だったが、とっくに死んでしまい、彼の悪ふざけの上にも草がはえ始めていた。私はワートラント酒を飲み、ひとの話に耳を傾け、少しは話もした。父と月の光の中をうちへ帰る途中、父は酔っぱらって身ぶりよろしく話を続けた。私は、かつてないくらい、妙に魅せられたような気持ちになった。コンラート伯父、レージー・ギルタナー、母、リヒャルト、アリエッティなど、昔の姿に取り囲まれ、私は美しい絵本でも見るように、それを見つめた。実際にはその半分もみごとでないのに、絵本ではなにもかも美しくりっぱに見えるのを、不思議に思うものである。すべてが、流れ去り、過ぎ去り、忘れられたのに、やはりはっきりと清らかに、私の心にしるされているのだった。自分が欲したわけでもないのに、半生が記憶によって保存されていたのである。

うちに帰り、父がおそくなって眠ってしまうと、はじめて私はまたエリーザベトのことを考えた。ついきのう私は彼女からあいさつされ、彼女を賛嘆し、彼女の婚約者に祝いを述べたばかりだったのに、それからもう長い時間がたったように思われた。しかし苦痛が目ざめて、かき乱された思い出の潮《うしお》とまざり、南風《フェーン》がこわれかけて震える牧場小屋を揺するように、私の利己的な投げやりにされた心を揺すぶった。私は家の中にいるに耐えなかった。低い窓からおりて、小さい庭をぬけ、湖畔へ行った。そして、ほったらかしになっていた小舟をとき、そっと色あせた夜の湖に漕《こ》ぎ出した。銀色のもやのかかった周囲の山々は、おごそかに沈黙を守り、ほとんど満月に近い月が、青みがかった夜空にかかっていた。黒岳の先端が月にとどきそうだった。静まりかえっていたので、遠いゼンアルプ峰の滝のとどろきがかすかに聞こえた。故郷の霊と青年時代の霊が、青ざめた翼で私に触れ、私の小舟を満たし、両手をひろげ、苦しげな不可解な身ぶりで哀願の心を示した。

私の生活にはどういう意味があったろうか。なんのために、こうも多くの喜びと苦しみが私の上を越えて行ったのだろうか。今日なお渇《かつ》えをいやされない人間だとしたら、私はなにゆえ真実なものと美しいものを渇望してきたのだろう？　あの望みがいのある女性のために、いじを張り、涙を流しながら、愛と苦しみを忍んだのは、なにゆえだろう？——その私はきょうもまた、恥じらいと涙のうちに、悲しい愛のために頭《こうべ》をたれているではないか。不可解な神は、愛されることのない孤独者の生涯を私にあてがっておきながら、愛に対する燃えるような郷愁を、なぜ私の心につぎこんだのであろう？

水はへさきで鋭い音を立て、オールから銀色にしたたり落ちた。周囲の山々は無言で近く迫り、冷たい月光が峡谷のもやの上を移って行った。私の青春時代の霊が黙々と私を取り囲み、深い目でじっと物問いたげに私を見つめた。そのなかには美しいエリーザベトもいるように、彼女は私を愛しており、私が時機さえ失しなかったら、私のものになったにちがいないように思われた。

自分は青ざめた湖の中にそっと沈んでしまったら、一ばんよいように思われた。そうすれば、だれも私のことなんかたずねるものはないだろう。しかし、粗末な古い小舟に水がはいるのに気づくと、漕ぐ手を一そう早めた。急に寒さが身にしみ、私は家へ、寝室へと急いだ。疲れて寝床に横になったが、眠れず、自分の生活について思いめぐらし、もっと幸福にもっと真実に生きるためには、存在の核心にもっと近づくためには、なにが自分に欠けているか、なにが必要であるかを、見いだそうと努めた。

あらゆる善意と喜びの核心は愛であること、エリーザベトに対するなまなましい苦痛はあるにしても、人間を真剣に愛し始めなければならないことは、よくわかっていた。だが、どういうふうに、だれを愛したらよかったろう？

そのとき、老いた父のことが頭に浮かんだ。はじめて私は、父をほんとに愛したことのないのに気づいた。少年のころは、父にめんどうをかけた。それから私は家を出て、母の死後も父をひとりぼっちにした。たびたび父のことで腹をたて、ついにほとんどまったく父を忘れてしまった。父が臨終の床に寝ている。私はひとり、みなし子になってそばに立ち、終始私に親しまなかった父の魂、私のほうでもついぞその愛を求めなかった父の魂が、飛び去って行くのを見る。そういう場面を私は想像せずにはいられなかった。

こうして、賛美のまととなった美しい恋人のかわりに、みすぼらしい老いぼれの酒飲みを相手にして、愛するというむずかしい甘い術《すべ》を学び始めたのである。私は父にもうぞんざいな返事をせず、できるだけ父の相手をし、暦についている物語を朗読して聞かせ、イタリアやフランスで飲まれるブドウ酒について語った。父のわずかばかりの仕事を取りあげることはしなかった。仕事がなければ、父はかえって所在がなかっただろう。晩は居酒屋で飲むかわりに、うちで私と一しょに飲むように、しつけようとしたが、うまくいかなかった。いく晩かその試みをした。私はブドウ酒と葉巻きを取って来て、老人の退屈をまぎらしてやろう、とほねをおった。四晩めか五晩めに、父は黙りこんで、すねていた。しまいに、なにが不足なのか、と私がたずねると、父は「おまえはもうおやじをこんりんざい飲み屋に行かせない了見だろう」と嘆いた。

「とんでもない」と私は言った。「あなたはおとうさんで、ぼくはせがれです。どうなさろうと、おとうさんしだいですよ。」

父は探るように目を細くして私を見つめ、それから、満足げに帽子を取った。私たちは一しょに飲み屋へ繰り出した。

父はなにも言わなかったけれど、あまり長く一しょにいるのは、気づまりだということは、はっきりうかがわれた。私も、どこかよそで、自分の分裂した状態の静まるのを待ちうけたい気持ちにかられた。「近日中にまた出かけようと思うんですが、どうでしょう?」と私は老人にたずねた。父は頭をかいて、細くなった肩をすくめ、抜けめなく様子を見るような薄笑いを浮かべた。「おまえの好きなようにするさ！」私は旅立つ前に、数人の隣人と修道院の人をたずねて、父に気をつけてほしいと頼んだ。それから快晴の一日を利用して、ゼンアルプ峰にも登った。半円形の幅の広い山頂から、私は山脈や緑の谷や、白く光る水や、遠方の町々の薄煙を見渡した。これらのすべては少年のころ私の心を強い願いをもって満たした。私は美しい広い世界を征服しようと思って、出て行った。いまもまたその世界は、昔ながらに美しくなぞのように目の前にひろがっていた。私は改めて出かけて行き、もう一度幸運の国を探ろうと、覚悟した。

研究のために、いつか相当長い期間にわたってアシジに行こうと、ずっと前から決心していた。まず私はバーゼルにもどり、ぜひ必要な用事を済ませ、数個の荷物をまとめて、ペルジアに向け、ひと足さきに送り出した。私自身はフィレンツェまで行き、そこからゆっくりのんびりと徒歩で南方へ巡礼した。この南方では人々と親しい交わりをするのに、なんの技巧も心得る必要がない。これらの人々の生活は、常に表面に現われていて、きわめて単純、自由、素朴《そぼく》なので、小さい町から町へと移るにつれ、おおぜいの人々と無邪気に友だちになれる。私はまた、安らかに故郷にいるような気持ちになれた。それで、今後はバーゼルでも、人間らしい生活のあたたかい親しみを、もはや社交界には求めず、素朴な人々のあいだに求めよう、と心にきめるのだった。

ペルジアとアシジでは、私の歴史研究は興味と活気を取りもどした。そこでは日々の生活も喜びであったので、私の痛手を受けた本性はまもなく健康を回復し、人生へ新しい仮橋をかけ始めた。アシジの宿の主婦は、話し好きで信心深い八百屋のおかみさんだった。聖フランシスについて二、三度話しあったのがもとで、彼女は私と親交を結ぶようになり、私が厳格な旧教徒だという評判を立てた。この名誉は、私にまったくふさわしくなかったが、おかげで私は人々と一そう親密に交際することができるようになった。普通なら外国人には必ずつきまとう異教徒の疑いを、それによって私はまぬがれたからである。おかみさんはアヌンチアタ・ナルディニといい、三十四歳のやもめで、おそろしく大きな恰幅《かっぷく》をしていて、たいそう身だしなみがよかった。日曜日には、花模様の陽気な色の服を着て、まるで祭日の化身のように見えた。耳輪のほかに、金の鎖を胸につけていた。その鎖には、金の延べ板から打ち出したメダルが並んでいて、音を立て、光を放っていた。それからまた銀の金具のついた重い祈禱書《きとうしょ》を引きずりまわしていた。いずれにしても、これを使うのはほねがおれるらしかった。銀の細い鎖についた黒と白の美しい数珠《じゅず》も持っていたが、このほうはずっと軽快に扱うことができた。それから教会の二つの廊下のあいだで露台にこしかけて、感嘆している隣近所の女たちに、おまいりに来ていない女ともだちの罪を数えあげる段になると、彼女の信心深い丸顔には、神と溶けあった魂の感動的な表情が現われていた。

私の名まえは土地の人には発音できなかったので、簡単にピエトロ氏と称していた。晴れたすばらしく快い晩、私たちは一しょに狭い露台にこしかけた。隣近所の人々、子どもやネコまでいた。あるいは、店で、果物や野菜かごや、種子の箱や、つるした薫製《くんせい》腸詰めなどのあいだにこしかけた。たがいに経験を語りあい、収穫の見こみを論じあった。葉巻きを吸ったり、めいめいメロンの一片をすったりもした。私は聖フランシスのこと、彼の礼拝堂だったポルティウンクラと聖者の寺院の歴史、聖女クララのこと、最初の兄弟たちのこと、などについて語った。皆は真剣に傾聴し、さまざまのこまかい質問を出し、聖者をたたえ、近ごろの評判になった事件を話し、その講釈をはじめるのだった。そのなかでは、盗賊の話と政治的な争いが特に興味を持たれた。私たちのあいだでは、ネコや子どもや小犬が戯《たわむ》れ、つかみあいをしていた。自分自身の楽しみから、そしてまた自分のよい評判を維持するために、私は聖徒伝をあさって、教化的な感動的な話をさがしたので、少数の本とともに、アルノルトの「聖師父および聖徒伝」を携えて来たことを喜んだ。その中の真心のこもった逸話を、私は少し変えて、卑近なイタリア語に翻訳した。通りすがりの人が、しばしば立ちどまって、傾聴し、話に加わった。こういうふうにして相手は、しばしば一夜のうちに三回も四回も変わったが、ナルディーニ夫人と私だけは腰をすえて、一度も欠けたことはなかった。私は、わらをきせたビンに赤ブドウ酒を入れたのをそばに置いていた。私がはでにブドウ酒を飲むので、つつましい暮らしをしている貧しい人たちは目を見はっていた。近隣の内気な少女たちもしだいにうちとけて、戸ぐちから談話に加わった。そして私から絵はがきなどをもらい、私の聖者らしさを信じるようになった。なにせ私はしつこい冗談は言わないし、彼女らとむりに親しくなろうとするようには、まったく見えなかったからである。彼女らの中には、ペルジノの絵からぬけ出たような、目の大きい夢みるような美人が数人いた。私は彼女らをみな憎からず思うようになり、人のよいちゃめけのある彼女らとのつきあいを喜んだ。しかし彼女らのだれかにほれこむということは、けっしてなかった。というのは、きれいな娘たちはたがいにひどく似ていたので、その美しさは私にはいつも種族的なものと思われ、個人的な特徴とは思われなかったからである。たびたびマテオ・スピネリもやって来た。この若僧はパン屋の息子で、抜けめのない、機知のあるやつだった。いろんな動物のまねができて、醜聞ならなんでも心得ており、ずうずうしいずるい計画をしこたまかかえていた。私が聖者伝を話すと、彼はいたって神妙につつましく傾聴していたが、そのあとで、さりげなくいじの悪い質問や比較や推量をして、聖者をからかい、果物屋のおかみさんをびっくりさせ、大多数の聞き手を、まぎれもなくうちょうてんに喜ばせた。

私はまたよくひとりでナルディニ夫人のもとにすわりこみ、彼女のありがたい話を聞いたが、彼女の人間味たっぷりなところに不心得な喜びを感じた。彼女は身近な人々のあやまちや罪を少しも見のがさなかった。彼女は、そういう人たちが、焦熱地獄でどんな場所に置かれるかをこまごまと測定して予言した。しかし、私のことは憎からず思い、どんなささいな経験や観察でも、あけすけに詳しく話してくれた。私がささやかな買物でもすると、そのつど彼女は私に、いくら払ったかとたずね、ぼられないように気をつけてくれた。彼女は聖者の伝記を話させるかわりに、果物や野菜の商売や台所の秘伝を私に教えてくれた。ある晩、私たちはがたがたする広間にすわっていた。私はスイスの歌を歌い、ヨーデルン節をどなって、子どもたちや娘たちを夢中にさせた。彼らはおもしろがって、からだをねじらせ、外国語の音をまね、私がヨーデルンをどなると、のどぼとけがどんなにおかしくあがったりさがったりするかを、やってみせた。そこでだれかが恋の話をしはじめた。娘たちはくすくす笑い、ナルディニ夫人は白目をむき出し、感傷的な嘆息をもらした。とうとう私は自分の恋物語を話すようにせがまれた。私は、エリーザベトのことは口に出さず、アリエッティとボートに乗り、恋のうちあけに失敗した話をした。リヒャルト以外にはついぞだれにももらしたことのないこの話を、南国の細い石だたみの道と、赤い金色の夕もやのただよう丘を前にして、好奇心に満ちたウンブリアの人々に語るというのは、じつに奇妙な気持ちだった。私はたいして考えもせず、古い小説のやり方で話したのだが、ついむきになったので、聞いているものたちが笑って、私をからかいはしないかと、ひそかに恐れた。

だが、話し終えると、皆は同情をこめた目を悲しげに私に注いだ。

「こんなきれいな方なのに！」と娘たちのひとりが活発に言った。「こんなきれいな方なのに、失恋なさるなんて！」

ナルディニ夫人はしかし、柔らかい丸い手で私の髪を控えめになでながら言った。

「ほんとにかわいそうに！」

もひとりの娘は私に大きなナシをくれた。私が彼女に、まずひと口かじってくれと頼むと、彼女はそうしながら私を本気で見つめた。私がほかの娘たちにもかじらせようとすると、彼女は承知しなかった。「いけません、あなたが食べなくちゃ！あなたが不幸な話をなさったから、それをあげたんですもの。」

「でも、あなたはいまではきっとほかの人を愛しているんでしょう」と、日に焼けたブドウ作りの百姓が言った。

「とんでもない」と私は言った。

「おや、それじゃ相変わらず、いじわるなエルミニアさんを愛しているんですか。」

「私はいま聖フランシスを愛しています。聖フランシスは、すべての人間を愛することを、あなた方を、ペルジアの人々を、ここにいる子どもたちみんなを、エルミニアの愛人をさえ愛することを、私に教えました。」

好人物のナルディニ夫人は、私がここに腰をすえて、彼女と結婚することを切望しているということに、私は気づいた。すると、この牧歌的な生活の中に一種の混乱と危険が生じた。この小さい事件は私を駆け引きのうまい外交官に仕上げた。なにしろ、私たちのあいだの調和をそこねず、屈託のない友情をふいにせずに、この夢を破壊するのは、けっして容易なことではなかったからである。それに国へ帰ることも考えねばならなかった。未来の創作の夢がなく、ふところぐあいの引き潮が迫っていなかったら、私はそこにとどまっただろう。あるいは、その引き潮のゆえにこそ、ナルディニと結婚したかもしれない。しかし、そうさせなかったのは、エリーザベトのために受けた痛手がまだおさまっていなかったからであり、彼女にもう一度会いたいと念願していたからである。

まるまるとふとった未亡人は、案外に、どうやらしかたのない運命とあきらめ、その失望のやつあたりを私に対してするようなことはしなかった。私が旅立った時、おそらく彼女より私のほうが、ずっと別れを苦痛に感じただろう。私はかつて故郷を去るとき感じたより、ずっと多くの心残りを感じた。出発に際して、この時ほど心をこめて多くのいとしい人々から握手されたことはなかった。皆は果実やブドウ酒や甘い火酒やパンや腸詰めを私の車中に入れてくれた。私の去就に無関心ではいられない友だちから別れるのだという異常な気持ちを、私は感じた。アヌンチアタ・ナルディニ夫人は、いよいよ別れる時、私の両ほおにキスし、目に涙をためていた。

以前私は、自分のほうで愛していないのに、愛されるのは特に楽しいことにちがいない、と思っていた。しかしいま私は、こうして愛をささげられながら、それにこたえることのできないのは、どんなにつらいものであるかを知った。だが、他国の女に愛され、夫に望まれたということに、私はやはりいささか得意になった。この小さなうぬぼれがすでに私にとって回復の一端となった。ナルディニ夫人には気の毒だったが、このことが起こらなければよかった、とは思わなかった。幸福は外的な願望の実現とはほとんど関係のないこと、恋する青年の悩みは、たといどんなに苦しくとも、悲劇などまったく含んでいないことをも、私は徐々に一そう深く悟るようになった。エリーザベトを手に入れることのできなかったのは、たしかに悲しかった。しかし私の生活や自由や仕事や考え方は、窮屈にはならなかった。遠くから私は以前と変わらず彼女を思うまま愛することができた。この考え方と、それにも増して、ウンブリアで過ごした数か月の素朴な朗らかな生活は、私をいやすのに非常にききめがあった。昔から私は、こっけいなこと、おどけたことを解する素質を持っていたが、そういうものを楽しむ心を、自分から皮肉によってぶちこわしていたのだった。いまは、人生のユーモアに対する目がしだいに開けてきて、自分の運命の星と和解し、人生の食卓からなおあれやこれやのごちそうを取って食べることが、だんだんらくに気軽にできるような気持ちになった。

もちろん、イタリアから帰ると、だれだってきっとそうだ。主義や偏見なんか一笑に付し、おおまかに微笑し、ズボンのポケットに両手をつっこんで、いっぱし抜けめのない処世の名人気どりになる。南国の快くあたたかい民衆の生活にしばらくひたったので、故郷でもこの調子でいくにちがいない、と考える。私もイタリアから帰ると、いつもそうだったが、このときは特にそうだった。バーゼルにもどって、昔ながらの窮屈な生活が新鮮さをとりもどさず、いっこう面目を改めずに続いているのを見ると、私は朗らかに高揚した境地から、一段一段と無気力にふきげんに沈滞していった。しかし、あそこで獲得したものの一部は芽ばえつづけた。それ以来、私の小舟は、澄んだ水を走るにせよ、濁った水を走るにせよ、少なくとも小さな色美しい旗を、必ず大胆に臆《おく》せずなびかせるのだった。

そのほかの点でも、私の考え方は徐々に変わった。私は、大きな悲しみにとらえられることもなく、青春時代をぬけ出すのを感じた。また、自分の生涯《しょうがい》を短い道程と見、自分自身をさすらい人《びと》と見ることを学び、たといこのさすらい人はどのような道を歩き、ついには消え去ろうと、世間をたいして騒がすこともわずらわすこともないのだ、ということを学ぶ時期に成熟していくように感じた。人生の目標や好きな夢を見失うわけではないが、自分というものが必ずなければならぬものだとは思えなくなる。そして途中でたびたび道草を食い、良心のやましさを感ぜずに、一日ぶんの道のりをなまけて、草の中に寝、口笛で詩の句を吹き、気がねなく現在を楽しんでみる。これまで私は、ついぞツァラツストラに向かって祈ったことはないが、ほんらい君主的人間であって、自己崇拝と劣等人軽視をいだかぬことはなかった。いま、私は徐々に、人間には不動の限界などは存在しないこと、ささやかな人間、下積みの人間、貧しい人間のあいだでも、生活は同様に多彩であるばかりでなく、むしろたいていは、恵まれた人々や輝かしい人々の生活より、よりあたたかく、真実で、模範的だということを、だんだんよりよく知るようになった。

　それはそうと、私はちょうど折りよくバーゼルに帰って、そのあいだに結婚していたエリーザベトの家の最初の夜会に出ることができた。私は、旅行のなごりで、まだ日焼けして生き生きとして、快活だった。楽しいささやかな思い出もたくさん持ち合わせていた。美しい夫人は、こまやかな親密さで私をことのほかもてなしてくれた。あのとき時機を失した求婚などして恥をかくところをまぬがれた自分の幸運を、私はひと晩じゅううれしく思った。というのは、イタリアでの経験にもかかわらず、女というものは、自分に恋している男の絶望的な苦しみに、残酷な喜びを持たずにはいられないものであるかのような、かすかな不信を、私は依然として女性に対していだいていたからである。かつて五歳の男の子の口から聞いた幼稚園の生活のささやかな話が、そういう不名誉な鼻持ちならない実情を、このうえなくまざまざと思い浮かばせるのに役だった。その子の通っていた幼稚園では、つぎのような奇妙な象徴的な習慣が行なわれていた。男の子があまりひどいいたずらをすると、罰としておしりをぶたれることになっていたが、抵抗する子をベンチに押さえつけて、そのこらしめを受けるのに必要な苦しい姿勢をさせるように、六人の女の子がさしずを受ける。このように押さえつけることを許されるのは、無上の楽しみで、大きな名誉だと考えられていたので、そのつど、六人の一ばんおとなしい模範生だけが、この残酷な喜びにあずかることができたのである。このおかしな子どもの話は私を考えさせ、いくどか夢の中にさえしのびこんで来た。それで少なくとも夢の経験によって、そういうめにあったものがどんなにみじめな思いをするかを知ったのである。

七

自分の文筆生活には私自身依然として尊敬の念を持っていなかった。自分の仕事で生活し、わずかながら貯蓄をし、ときおりは父にいくらか送金することもできた。父は喜んでそれを飲食店へ持って行き、そこで口をきわめて息子自慢をし、私の厚意に報いたい、とさえ考えた。それというのも、私があるとき、たいてい新聞へ寄稿してかせいでいると、話したことがあるからである。父は私を、地方新聞にいるような編集者か通信員と思って、父親らしい手紙を私にあて三度口述したのだった。その中で、父は、重要で、私にとって材料になり、金のたねになると思われる事件を報告してくれた。一度は納屋《なや》の火事であり、つぎはふたりの登山家の墜落、三度めは村長選挙の結果だった。これらの報告はすでに、奇態な調子の新聞調で書かれており、私をほんとにおもしろがらせた。なんといってもそれは、彼と私とのあいだの親しい結びつきのしるしであり、数年このかた私が故郷から受け取った最初の手紙だったからである。それはまた、故意にやったわけではないとしても、私の文筆稼業《かぎょう》をあざけるものとして私を興がらせた。私は毎月幾冊もの本の批評をしていたが、その刊行は重要さと及ぼす結果にかけて、あのいなかの事件にはるかに劣るものだったからである。

ちょうどそのころ、チューリヒ時代に常軌を逸した叙情的な青年として知りあったふたりの著述家の本が出た。ひとりはいまベルリンに住んでおり、大都会のカフエーや娼家《しょうか》の醜悪な面をしきりに描いていた。もひとりは、ミュンヒェンの郊外にぜいたくな閑居を営んで、神経衰弱的な自己反省と心霊主義的な刺激のあいだを、絶望的にせせら笑いながら、あちらこちらへとよろめいていた。私は彼らの本を批評しなければならなかったので、もちろん両者を悪気なくからかった。神経衰弱症患者からは、まるで王侯のような文体の、けいべつに満ちた手紙が一通来たきりだった。ベルリンのほうの作家は、ある雑誌で騒ぎたてた。彼の真剣な意図が見そこなわれているとし、ゾラを引き合いに出し、私の無理解な批評をもとにして、私に対してだけでなく、スイス人一般のうぬぼれた散文的精神に対して非難を加えた。チューリヒにいたあのころは、おそらくこの男が文士としていくらか健全なまともな生活をした、唯一《ゆいいつ》の時期だったのだろう。

さて私はけっして特別な愛国者ではなかったが、こいつは少しベルリン臭が強すぎた。不満を寄せた男に私は長い書簡をもって答え、尊大な大都会の近代派に対する軽視を隠さなかった。

このさやあては私のためになった。私はいやおうなしに、自分の近代文化生活観をもう一度よく考えてみた。この仕事はほねがおれて、だらだらと続き、ほとんどおもしろい結果をうまなかった。それに言及しなくても、私の小冊子にはなんらマイナスにならない。

だが、同時にこういう考察は、自分自身と自分の久しく計画していた生涯の作品について、もっと深く考えるように私をしいた。

ご承知のとおり、私は、相当大きな創作で、今日の人間に自然の大規模で無言な生命を親しませ、愛させるようにしたい、という願いをいだいていた。大地の鼓動を聞き、全体の生命にあずかることを、また、微々たる運命に圧倒されているうちに、われわれは神ではなく、われわれ自身によってつくられたものでなく、大地の子どもであり、全宇宙の部分であるということを忘れないようにすることを、私は彼らに教えたいと思った。詩人の歌やわれわれの夜の夢と同様に、川や、海や、空ゆく雲や、あらしもまた、あこがれの象徴であり、にない手であることを、このあこがれは天地のあいだに翼をひろげており、その目ざすところは、生きとし生けるあらゆるものの市民権と不滅性とのゆるがぬ確信であることを、想起させたいと思った。あらゆるものの内奥の核心は、この権利を確保しており、神の子であり、なんの不安もなく、永遠のふところの中に安らっている。これに反し、われわれがいだいている劣悪なもの、病的なもの、堕落したものは皆これにさからい、死を信じている。

だが、私は、自然に対する兄弟愛の中に、喜びの泉と生命の流れを見いだすことをも、人間に教えたいと思った。また見る術、さすらう術、楽しむ術を、目前にあるものに対する喜びを説きたい、と思った。山脈や大海や緑の島をして魅惑的な力強いことばできみたちに向かって語らせたい、きみたちの家や町の外で、どんなにはてしなく多様な脈打つ生活が日ごとに花咲きあふれているかを、見させたいと思った。きみたちは、町の外で奔放な活動を展開している春や、きみたちの橋の下を流れる川や、鉄道の走るきみたちの森やみごとな草原のことよりも、外国の戦争や、流行や、うわさ話や、文学や、芸術のことを、より多く知っているのを、きみたちに恥じ入らせてやろうと思った。孤独で世渡りに難渋する私が、忘れがたい楽しみをなんとすばらしくこの世界に見いだしたかを、きみたちに語りたいと思った。私よりおそらく幸福で快活なきみたちが、もっと大きな喜びをもってこの世界を発見することを、私は望んだ。

私はなによりも愛の美しい秘密をきみたちの心に植えつけたいと欲した。生きとし生けるすべてのもののほんとの兄弟となり、悩みや死をもはや恐れず、そういうものがきみたちのところへやって来たら、まじめな兄弟としてまじめに兄弟らしく迎えるようになれるほど、愛に満ちあふれるようになることを、きみたちに教えたいと欲した。

そういういろいろなことを、私は、賛歌や雅歌によってではなく、帰郷した旅びとが友だちによそのことを語るように、ありのままに誠実に具体的に、まじめにそして冗談まじりに表現しようと望んだ。

欲した――願った――望んだ、などというのは、もちろんこっけいに聞こえる。しかし私は、こういう多くの意図が腹案と輪郭を持つようになる日を依然として待っていた。少なくとも私は多くのものを集めた。頭の中だけでなく、旅行や遠足のときポケットに入れていたたくさんの手帳にも書いた。二、三週間ごとに一冊の手帳がいっぱいになった。そこに私は、この世界で目に映じるすべてのものについて、反省も脈絡もなく、簡潔にメモを書きとめた。画家のスケッチ帳のようなもので、短いことばで実際のものばかりがしるされていた。小路《こうじ》や国道の情景、山岳や都会の影絵、百姓や職人の徒弟や市場の物売り女たちから聞きとった会話や、さらに気象上の法則、明暗、風、雨、岩石、植物、動物、鳥の飛行、波の形態、海の色の戯《たわむ》れ、雲の形などに関するメモであった。ときおり私はそれから短い物語を作って、自然や放浪の習作として発表した。どれも人間的なものには関係がなかった。私にとっては、一本の木の歴史、動物の生活、雲の旅などは、人間の添景がなくても、十分に興味があったのである。

およそ人物がまったく登場しないような大規模な文学は、あり得ないものだということは、これまですでにたびたび私の頭をかすめたのであるが、私は幾年もこの理想に執着を持ち、いつかは大きな霊感がこの不可能事を征服するかもしれない、というぼんやりとした希望をいだいていた。いま私は最終的に、美しい風景に人間を住まわせなければならないことを、そして人間を遺憾なく自然に忠実に表現するのはまったく不可能だろうということを悟った。それには、無限に多くのものを補充しなければならなかった。いまでも私はその補充をしている。それまで人間というものは十ぱひとからげで一つの全体であって、しょせん私にとって縁なきものであった。そのころになって、私は、抽象的な人類のかわりに個々の人間を知り、研究することが、どんなにやりがいのあることであるかを知った。私のメモ帳と記憶はまったく新しい姿で満たされるようになった。

この研究のはじめはまったく楽しかった。私は素朴《そぼく》な無関心さを脱して、いろいろな人間に興味を持った。どんなに多くの自明のことを私は知らずに過ごしてきたかを知った。しかし同時にまた多くの放浪や直観が私の目を開き、鋭くしてくれたことを、私は知った。私は昔から特に子どもが好きで心をひかれていたので、特に好んでたびたび子どもを相手にした。

それにしても、雲や波の観察は人間研究より楽しかった。人間は、なによりもつるつるする虚偽のにかわで包まれ守られていることによって、ほかの自然と違うのだということを知って、私は驚いた。まもなく私は、私の知人たちすべてについても同じ現象を観察した。――つまり、各人めいめい、自分特有の本質を知らないくせに、一個の人格、はっきりした人物をよそおうように余儀なくされる、という事情の結果である。私は自分自身にそのことを確認して、妙な気持ちになり、人々の核心に迫ろうと欲することを断念した。大多数の人々においては、このにかわ質のもののほうがはるかに重要であった。私はそれをいたるところで、すでに子どもにも発見した。子どもらは、赤裸々に本能的に自分をあらわすより、意識的にか無意識的にか、いつもある役割を演じることのほうを好むものである。

しばらくたつと、自分はいっこう進歩せず、遊戯的な個々のことに迷いこんでしまうような気がした。まず私は自分自身に誤りを求めた。しかしまもなく私は、あてがはずれ、自分の周囲には私の求める人間がいないことを、認めざるを得なかった。私が必要とするのは、興味ある人物ではなく、人間の典型であった。しかし大学関係の人々も社交界の連中もそれを私に示してくれなかった。私はイタリアをあこがれ、しのんだ。たびたびの徒歩旅行のたぐいまれな友であり道連れであった職人の徒弟らをしのんで、なつかしんだ。彼らと私はしきりにさすらい、彼らの中に多くのりっぱな若者のいるのを発見したのだった。

故郷の宿屋やすさんだ木賃宿をあちこちさがしたところでむだだった。所さだめぬ多くの流浪者も役にたたなかった。それで私はまたとほうにくれ、子どもたちをたよりにしたり、居酒屋を飲みまわってしきりに研究したりした。もちろんそんなところではなにも得るところはなかった。悲しい数週間が続いた。そのあいだ、私は自分を信じることができず、希望や願望をばかばかしく誇張されたものに感じ、しきりに外をうろつきまわり、また夜中まで酒を飲んで物思いにふけるようになった。

私の机にはそのころまた書物の山がいくつもできた。古本屋に売らずに、手もとに置いておきたかったのだが、本箱にはもうあきがなかった。とうとうなんとかしまつするため、小さなさしもの屋をたずねて、書だなの寸法を測りにうちに来てくれるように、親方に頼んだ。

彼はやって来た。慎重な物腰の、動作ののろい小男だった。彼は場所を測り、ゆかにひざをつき、メートル尺を天井にのばした。少しにかわの臭気がした。三センチくらいもある大きな数字で数を一つ一つたんねんに手帳に書きとめた。たまたま、そうやっているあいだに、本を積んだイスに彼はぶつかった。数冊の本が下に落ちた。彼はかがんで、それを拾いあげようとした。落ちた本の中には、職人の徒弟用の小辞典があった。厚紙表紙の小さい本で、ドイツの徒弟宿ならたいていどこにでもある、よくできた、おもしろい本だった。

さしもの師は、なじみ深い小冊子を見ると、なかば愉快そうに、なかばけげんそうに、好奇の目を私に向けた。

「どうしたんです？」と私はたずねた。

「ごめんなさい。わしも知っている本を見つけたもんで。——だんなはあれをほんとに勉強なさったんですか。」

「往来で行なわれている隠語を研究したんですよ」と私は答えた。「言いまわしを調べるのはおもしろいもんですよ。」

「まったくですな！」と彼は大きな声で言った。「じゃ、だんなも旅まわりをなさったことがおありですか。」

「あんたの言う意味どおりじゃないけれど、ずいぶん旅はし、いくらも木賃宿に泊まりましたよ。」

そのあいだに彼は本を積み重ねて、帰ろうとした。

「あんたはいったいそのころどこを歩きましたかね?」と私は彼にたずねた。

「ここからコブレンツまで。その後、南に下ってジュネーヴまで。まんざら悪い時じゃありませんでしたね。」

「豚箱に入れられたことも、二、三度はあったでしょうね。」

「たった一度ですよ、ドゥルラハで。」

「よかったら、ぜひきかせてください。いつか飲み屋で会いましょうよ。」

「ごめんですよ、だんな。そのかわり、仕事が済んだあとで、わしの店にいらしって、どうしたい? どうかね? とでもたずねてくださりゃ、それでもう結構ですよ。わしをばかにしようっていうんでさえなかったら。」

数日後、エリーザベトのところで会合のある晩だったが、私は往来に立ちどまって、いっそさしもの師のところへ行ったほうがいいんじゃないかと、考えた。そこで、引き返して、礼服をうちに置いて、さしもの師をたずねた。仕事場はもうしまっていて暗かった。私はつまずきながら暗い玄関と狭い中庭を通って、奥の建物の階段をあがったりおりたりして、やっとドアに親方の名の書いてある表札を見つけた。はいると、直接ごく小さい台所にぶつかった。やせた女房が、夕食の用意をしながら、狭い所でにぎやかに大騒ぎをしている三人の子どものおもりをしていた。けげんそうに細君は私をつぎのへやに案内した。そこではさしもの師が新聞をもって薄暗い窓ぎわにこしかけていた。暗いので、彼は私をあつかましい注文主と思ったらしく、ふしんげにぶつぶつ言ったが、やがて私だということがわかって、握手した。

彼は思いがけない訪問にめんくらっていたので、私は子どもたちのほうを向いた。子どもらは台所へ逃げこんだ。私はあとを追った。そこではおかみさんがお米の料理をしていたので、例のウンブリアのおかみさんの台所のことを思い出し、私は料理に加わった。私たちの国では、たいていせっかくのお米をやたらに煮つめてのりのようにしてしまう。それではまったく味がなくなるし、べとべとして食べても気持ちが悪い。ここでもうできそこないができかかっていた。私は、なべと、しゃもじをとって、大急ぎでみずから料理を引き受けることによって、やっと料理を救うことができた。おかみさんは、あきれて、私のなすがままにまかせた。お米料理はどうにかうまくいった。私たちはそれを食卓にのせ、ランプをともした。私にも一皿くばられた。

この晩は、おかみさんが料理について立ち入った話に私を巻きこんだので、親方はほとんど口を出すことができず、彼の旅の冒険の話は次回に延ばすほかなかった。それはそうと、この愛すべき夫婦はすぐに、私が外見的には紳士だが、実は百姓のせがれで、細民の子だということに感づいた。それで私たちは最初の晩にもう友だちになり、うちとけあった。彼らが私を同じ生まれのものと認めたように、私もみすぼらしい所帯にささやかな人々の故郷の空気をかぎつけたからである。ここの人々は、上品ぶったり、気どったり、芝居を演じたりする暇は持ち合わさなかった。彼らにとっては、せちがらい貧しい生活そのものが、教養や高級な興味の装いをまとわなくとも、好ましく、十分楽しいものだったので、美しいことばで飾るには及ばなかったのである。

だんだん足しげく出かけて行くようになり、私はさしもの師のところで、いとわしい社交上のつまらぬことばかりでなく、自分の悲しみや苦労をも忘れた。私は、ここに幼年時代の一片が自分のために保存されているのを発見し、神父たちが私を学校へ送ったとき中断してしまった生活が、ここで続いてでもいるような気がした。ちぎれた、汗で黄いろくなった、旧式の地図の上にかがんで、親方は私と一しょに彼と私の足跡をたどった。ふたりの知っている市門や小路《こうじ》があるごとに、私たちは喜び、職人のしゃれの色あげをし、あるときは、いつになっても古くならない旅職人の歌のいくつかを歌いさえした。私たちは職人仕事の苦労や、所帯や、子どもや、町のことなどについて語りあい、ごく徐々にではあるが、親方と私はいつしか役割をとりかえ、私が感謝するものとなり、彼が与え教えるものとなるようになった。ここではサロンの調子のかわりに、現実が自分を取り巻いているのを感じて、私はほっとした。

彼の子どもの中では、五つになる女の子が、きゃしゃな特別な性質で目だっていた。アグネスという名だったが、みんな彼女にアギーと呼びかけていた。金髪で、あお白く、手足がひよわく、おどおどした大きな目をし、その様子にやさしい内気なところがあった。ある日曜日、この一家を散歩に連れ出しに行くと、アギーは病気だった。母親は彼女のもとに残り、私たちはゆっくり町の外へ出た。聖マルグレーテン教会の裏で、私たちはベンチにこしかけた。子どもたちは石や花や甲虫《かぶとむし》をさがして走り、おとなは、夏めいた草地や、ビニンゲンの墓地や、ユラの青みがかった美しい山なみをながめた。親方は疲れ、ふさぎこみ、黙りこんで、心配ごとでもあるらしかった。

「どうかしましたか、親方？」と私は、子どもらがかなり遠くに行った時、たずねた。彼はしょんぼりと悲しげに、私の顔を見た。

「気がつきませんでしたか」と彼は言いだした。「アギーは死にそうなんです。もう前からわかっていたんです。あれまで大きくなったのが、不思議だったんです。あれはいつも目に死相をあらわしていました。こんどはいよいよほんとにしないわけにいきません。」

私は慰めかけたが、まもなく自分からやめてしまった。

「それごらんなさい」と彼は悲しげに笑った。

「あなただってあの子が助かるとは思ってませんよ。わしは信心の堅いほうじゃありません、ご承知のように。教会にもめったに行きません。だが、こんどは神さまがわしに一言ことばをかけてくださろうとしているのが、よくわかります。あれはほんの赤ん坊でして、ついぞ達者だったこともありません。ところが、実際、わしには、ほかの子どもを合わせたよりかわいいんです。」

声をあげて子どもらはかけより、小さい質問を無数に出しながら私を取り巻いて、花や草の名を私に言わせ、しまいには話をしてくれ、とせがんだ。そこで私は子どもらに、花や木ややぶもみんな、子どもと同じように、魂を持ち、天使を持っているのだ、と話した。父親も耳を傾け、ほほえみ、ときどき小声で、そのとおりだよ、と言った。私たちは山が一段と青くなるのを見、夕べの鐘を聞いて、帰途についた。草地には赤みがかった夕もやがかかり、遠くの本寺の塔は小さく細くあたたかい大気の中にそびえていた。空では、夏の水色が美しい緑色がかった金色に変わり、木立ちの影は長くなった。子どもたちはくたびれて、静かになった。彼らはケシの花やナデシコやフウリンソウの天使のことを考え、私たちおとなは小さいアギーのことを考えた。アギーの魂はもう、翼を授かり、心配している私たち小さな群れを離れるばかりになっていた。

つぎの二週間はぐあいがよかった。女の子はよくなるように見えた。幾時間も寝床を離れることができたし、冷たいまくらをしていても、いつになくかわいらしく楽しげに見えた。それから熱のある夜が二、三日つづいた。私たちはもう、口にこそ出さなかったが、この子がせいぜい数週か数日この世にいられるにすぎないことを知った。たった一度だけ父親はそのことに触れた。仕事場でのことだった。彼が材料の板をかきまわしているのを見て、私はおのずと、子どもの棺《かん》を作る板をさがしているのだ、と知った。

「どうせすぐやらなきゃならんことですから」と彼は言った。「仕事を済ませたあとで、自分ひとりでやったほうがいいと思いましてね。」

彼がかんな台に向かって働いているあいだ、私は別のかんな台にこしかけていた。板がきれいにけずられると、得意そうにそれを私に見せた。健全に育った、きずのない美しいモミ材だった。

「くぎを打たないで、うまく組み合わせるようにして、長持ちのする上等なのを作ります。だが、きょうはこのくらいにして、家内のところへ行きましょう。」

日がたった。暑いすばらしい真夏の日々だった。私は毎日一、二時間小さいアギーのまくらもとにこしかけて、美しい草原や森の話をして聞かせ、彼女の軽い細いかわいい手を私の大きな手に持って、最後の日まで彼女のまわりにただよっていたやさしい明るい優美さを、心ゆくまで吸いこんだ。

それから私たちは悲しく胸を痛めながらそばに立って、小さいやせたからだがもう一度力を集中して、強い死と戦うのを見た。死はたちまちやすやすと彼女を征服してしまった。母はじっと気丈に耐えた。父は寝台においかぶさって、いくどとなく別れを告げた。金髪をなで、死んだ愛児を愛撫《あいぶ》した。

質素な簡単な埋葬式が行なわれ、せつない晩が続いた。並んで寝ている子どもらは寝床の中で泣いた。それから美しいお墓まいりが行なわれた。墓場で私たちは新しい墓に木を植え、なにも言わずに、涼しい墓地のベンチに並んでこしかけ、アギーのことをしのび、いつもとは違った目で、いとしい子の眠っている大地を見つめた。その上にはえている木立ちや芝を、また、のびのびと陽気に静かな墓地をさざめかして戯れている小鳥を見つめた。

そのあいだにもきびしい仕事の日は続いた。子どもたちはまた歌うようになり、つかみあいをし、笑い、物語を聞きたがった。私たちはみんな知らず知らず、アギーにけっして会えないことに、美しい小さい天使を空に持つことに、慣れっこになっていった。

こんなことのため私は、教授の家の会合にはまったく顔を出さず、エリーザベトの家にはほんのちょっと行ったきりだった。たまに行くと、なまぬるい会話の流れの中で、私は妙になんともしようのない息苦しい気持ちになった。それから私は両方の家を訪れたが、両方とも戸がしまっていた。みんなとっくに避暑に出かけてしまったのだった。このときはじめて私は、さしもの師一家との交わりと子どもの病気とのために、暑い季節も休暇をとることもすっかり忘れていたことに気づいて、驚いた。以前なら、七月、八月を町で過ごすなんてことは、まったくできなかっただろう。

私はしばしの別れを告げて、シュワルツワルトと、山街道と、オーデンワルトに徒歩旅行を企てた。途中、美しい土地からバーゼルのさしもの師の子どもらに絵はがきを出し、いたるところで、帰ったら、子どもらやその父親にどんなふうに旅の話をしてやろうか、と考えるのは、いつになく楽しいことであった。

フランクフルトで私はなお数日旅程をのばすことにきめた。アシャッフェンブルク、ニュルンベルク、ミュンヒェン、ウルムなどでは、新たな喜びをもって古い美術品を楽しんだ。最後にまったくのんきにチューリヒに足をとどめた。これまで幾年間かずっと、私はこの都会を墓場でもあるかのように避けていたが、こんどはなじみの通りをぶらぶら歩き、古い居酒屋や庭をふたたびたずねて、過ぎ去った美しい年々を苦痛もなく思い出すことができた。女流画家アリエッティは結婚していた。私はその住所を教えられたので、夕方出かけて行き、玄関に彼女の夫の名を読み、窓を見あげ、中にはいるのをためらった。すると、なつかしいあのころがまざまざとよみがえってきた。眠っていた青春の恋がかすかにうずきながらなかば目ざめだした。私は引き返した。こうして、愛するイタリア婦人の美しいおもかげを無益な再会によってそこなわずに済んだ。ぶらぶら歩き続けて、当時芸術家たちが夏の夜祭りを行なった湖畔の庭園を訪れ、それからまた、私がほんの三年のあいだ楽しく住んだ屋根裏べやのある小さな家を見あげた。それらのさまざまの思い出を飛び越して、ふいにエリーザベトの名が口びるに浮かんだ。新しい恋はその前の恋よりやはり強かった。同時にそれは、より静かで、つつましく、感謝のこもったものであった。

快い気分をこわさないようにするため、私はボートを借りて、あたたかく明るい湖水にのんびりと漕《こ》ぎ出した。日が暮れかかって、空にはたった一つ、美しいまっ白な雲がかかっていた。私はそれを目からはなさず、幼年時代に雲を慕ったことをしのびながら、雲にうなずきかけた。それからエリーザベトを、そして彼女が実に美しく心を打ちこんで見とれていたセガンティニの画面の雲をしのんだ。ことばや不純な欲望によって曇らされなかった彼女への愛を、私は、この時ほど自分を幸福にし清浄にしてくれるものに感じたことは、かつてなかった。雲をながめていると、静かに感謝のうちに自分の生涯《しょうがい》の楽しかったことが残らず見わたさせて、以前の混乱と情熱のかわりに、少年時代の古いあこがれだけが心に感じられたからである——このあこがれも一段と成熟し静かになっていた。

昔から私は、ボートを漕ぐゆったりした調子に合わせて、なにか口ずさんだり歌ったりする習慣があった。いまも私は小声で無心に歌っていた。歌っているうちにはじめて、それが詩になっているのに気づいた。記憶に残っていたので、私はうちで、それを美しいチューリヒ湖畔の夕べの思い出として書きとめた。

高い空に浮かぶ

白い雲のように、
明るく、美しく、はるかです、
あなたは、エリーザベトよ！

雲は行き、さまようのに、
あなたはほとんど気にとめない、
しかし、暗い夜中に
雲はあなたの夢に通うのです。

行く雲はいとも幸福に輝くので、
それからは絶え間なく
あなたは白い雲に
甘い郷愁を寄せるのです。

バーゼルに帰ると、アシジからの手紙が私を待っていた。アヌンチアタ・ナルディニ夫人からのもので、愉快な知らせに満ちていた。彼女はやはり第二の夫を見いだしたのだった！ ともかく、手紙をそのまま伝えるほうがよいだろう。

敬愛しておかぬペーター様！

あなたにお手紙をさしあげる自由を、あなたの変わらぬ女ともだちにお許しくださいませ。神さまの御意で、私は大きな幸福を授かりました。十月十二日の私の結婚式にあなたをお招きしたいと存じます。夫はメノッティと申し、お金こそ持っていませんが、私をたいそう愛してくれ、以前にも果物をあきなったことがあります。かわいい人ですが、ペーター様ほど大きくも美しくもございません。私が店番をし、夫は広場で果物を売ることになりましょう。お隣の美しいマリエッタも結婚いたしますが、異国の左官屋です。

私は毎日あなたのことを考え、おおぜいにあなたの話をしました。私はたいそうあなたが好きです。聖フランシス様も好きです。あなたの思い出としてロウソクを四本、聖フランシス様におそなえいたしました。あなたが結婚式に来てくだされば、メノッティもたいそう喜ぶでしょう。万一あなたに対し、はしたないことでもいたしましたら、私が承知いたしません。残念ながら、ちびのマテオ・スピネリは、私がかねがね申しておりましたように、ほんとうに悪者であることがわかりました。彼は私のところからたびたびレモンを盗みました。パン屋をしている父親の金を十二リラ盗んだため、またこじきジアンジアコモの犬に毒をもったため、いまはあげられています。

神さまと聖者さまの祝福があなたにありますように！　あなたにお会いしたいとせつに願っております。

つつしんで、あなたの変わらぬ友

アヌンチアタ・ナルディニ

追伸

収穫はまああというところでした。ブドウはひどく悪く、ナシも十分とれませんでしたが、レモンはたいそう豊作でした。ただひどい安値で売らねばなりませんでした。スペロでは恐ろしい不幸が起こりました。若い人が兄をまぐわで打ち殺したのです。なぜだかわかりませんが、肉親の兄なのに、きっと焼きもちをやいたのでしょう。

残念ながら、心をひくこの招きに従うことはできなかった。私はお祝いのことばを書いて、来春訪問する見込みを伝えた。それからその手紙と、子どもらのためのニュルンベルクみやげを持って、さしもの師の親方のところへ出かけた。

そこで私は、思いがけぬ大きな変化を見いだした。テーブルから離れて、窓に向かって、奇怪なゆがんだ姿の人間が、子どものイスのように胸当ての添えてあるイスにうずくまっていた。それはおかみさんの弟のボピーで、半分からだのきかない気の毒なからだだった。彼は、最近老母に死なれてから、身を寄せるところがなくなったのだった。さしもの師はいやいやながら一時彼を引き取ったのだが、病気の身障者がいつも目の前にいることは、かき乱された所帯の上に恐怖のようにのしかかっていた。みんなまだ彼になじんでおらず、子どもらは彼をこわがり、母親は同情してはいても、当惑し、気づまりだった。父親は露骨にふきげんだった。

ボピーは、首が詰まった醜い二つの隆起の上に、大きながっちりした頭をのせていた。額は広く、鼻はいかつく、口は美しく悩ましげで、目は澄んでいるが、静かで、いくらかおびえていた。なみはずれて小さいかわいい両手が、いつも白くじっと狭い胸当ての上にのっていた。私も、割りこんで来たこの哀れな男にこだわり、気分をそこねた。同時に、彼がそばにこしかけて、だれからも話しかけられずに、自分の両手を見つめているのをかまわず、さしもの師がこの病人の身の上話を簡単にするのを聞いているのは、私には耐えがたかった。生まれつき不自由なからだではあったが、小学校は済ませ、幾年か麦わら細工をしてわずかながら働きはしたが、たびたびの痛風の発作でからだの一部がきかなくなった。もう数年来、寝床に横になるか、奇妙なイスにこしかけてクッションのあいだにはさまっていた。おかみさんの話だと、以前は彼はひとりでしきりに美しく歌ったそうだが、もう幾年も聞いたことがなかった。この家に来てからは、まだ一度も歌ったことがなかった。こういうことが語られ、話題になっているあいだ、彼はこしかけたまま、じっと前を見ていた。私はいい気持ちがしなくなった。私はまもなく引きあげ、その後数日その家から遠ざかっていた。

私は生涯強健で、重い病気をついぞしたことがなく、病人、特に身障者には同情はしたが、いくらかけいべつの目を向けた。いま、せっかく職人の家庭で見いだした快く朗らかな生活が、このみじめな存在の不快な重荷によって妨げられるというのは、私にはやりきれなかった。そこで私はつぎの訪問を一日のばしにのばし、どうしたら病気のボピーというじゃま者を除くことができるかと、いたずらに思案した。わずかな費用で病院か慈善院に入れるなんらかの方法があるにちがいなかった。いくども私はさしもの師をたずねて、そのことを相談しようと思ったが、きかれもしないのにそんなことを切り出すのは、気がひけた。また病人に会うことに子どものような恐怖をいだいた。どうしても彼に会い、握手をしなければならないのが、私にはいとわしかった。

こうして私は日曜を一回すっぽかしてしまった。つぎの日曜には、朝の汽車でもうユラ山地へ遠足に行くことにしていたが、自分の卑怯《ひきょう》さが恥ずかしくなり、出かけるのをやめて、食後、さしもの師のところへ行った。

いやいやながら私はボピーと握手した。さしもの師はふきげんで、散歩をしよう、といいだした。彼は、こういうみじめな状態がいつまでも続くのじゃ、うんざりだ、とうちあけた。私は、自分の提案が彼に受け入れられそうなのを知って喜んだ。おかみさんはうちに残ろうとしたが、ボピーは、大丈夫ひとりでいられるから、一しょに行ってくれと、彼女にたのんだ。一冊の本と一杯の水さえ手もとにあれば、かぎをかけて、安心して出かけて行ってくれていい、と言うのだった。

私たちはみんな、自分をひとかどの親切な人間だと思いながら、かぎをかけて彼を閉じこめて、散歩に出かけてしまった！　私たちは楽しく、子どもたちとふざけ、美しい金色の秋の太陽を喜び、だれひとり、身障者をひとりぼっちうちにおいて来たことを、恥じたり、胸をどきどきさせたりするものはなかった！　むしろ、しばらくのあいだ彼から解放されたことを喜び、ぽかぽかとあたたかい澄んだ大気を、ほっとした気持ちで呼吸した。そして神さまの日曜日をしかつめらしく感謝しながら楽しんでいる、実直な、心がけの良い家族を装った。

グレンツアハのヘルンリに立ち寄って、ブドウ酒を一杯のもうと、料理店の庭で食卓についた時、はじめて父親がボピーのことを口に出した。彼は、やっかいな居《い》候《そうろう》のことをこぼし、所帯が窮屈になり、金のかかるようになったことを嘆息した。そして、笑いながらこう言って、ことばを結んだ。「まあ、ここまでくりゃ、せめてあと一時間は、あいつにじゃまされないで楽しめるさ！」

この不用意なことばを聞くと、私はとつぜんかわいそうなボピーを目に浮かべた。

哀願し、苦しんでいる彼を、私たちからきらわれている彼を、私たちがなんとかして追い出そうとしている彼を、いま私たちから見捨てられて、薄暗くなるへやの中にひとり悲しく閉じこめられている彼を。まもなく暗くなりだすにちがいないのに、彼は明りをつけることも、窓に近よることもできないだろう、と私は思いついた。そこで彼は本をおいて、薄暗がりの中にじっと、話し相手も慰めもなく、うずくまっていなければならないだろう。一方、私たちはここでブドウ酒を飲み、笑い興じているのだった。私はアシジで隣人たちに聖フランシスの話をし、聖者は自分にすべての人間を愛することを教えた、と大きなことを言ったのを思い出した。なんのために私は聖者の生活を研究し、そのみごとな愛の歌を暗記したり、ウンブリアの丘にその足跡を探ったりしたのだろう？　たよりない哀れな人があしてひとり苦しんでいなければならないとしたら。私はそれを承知し、彼を慰めてやることができたのに。

力強い、目に見えぬものの手が、私の胸を押さえ、締めつけ、恥ずかしさと苦痛で満たしたので、私は震え、平伏した。神がいま私にことばをかけようとしているのを、私は知った。

「なんじ、詩人よ！」と神は言った。「なんじ、ウンブリア人の弟子よ、なんじ、人間に愛を教え、幸福にしようと欲する予言者よ！ 風や水の中に私の声を聞こうとする、夢みる者よ！」

「なんじは、親切にされ、快い時の過ごせる家を愛する！」と神は言った。「しかも、私がこの家を見舞ってやろうとする日に、なんじは逃げ出し、私を追い払おうと考える！ なんじ、聖者よ！ なんじ、予言者よ！ なんじ、詩人よ！」

私はまるで、曇りのない、欺《あざむ》きようのない鏡の前に立たされたような気持ちになった。私はそこに自分が、うそつきとして、ほら吹きとして、卑怯ものとして、二枚舌の男として映っているのを見た。それは悲しく、にがく、苦しく、恐ろしかった。しかし、この瞬間に私の心の中で砕け、もだえ、傷つきのたうったものは、砕け滅ぶに値するものだった。

強引に急いで私は別れを告げ、杯にブドウ酒を残し、ちぎったパンを食卓においたまま、町へ引き返した。興奮して私は、不幸が起きてしまっているかもしれないという、耐えがたい不安に悩まされた。火事が起こって、たよるもののないボピーはイスからころがり落ちて、ゆかに倒れ苦しんでいるか、死んでいるかもしれなかった。彼が倒れているのが目に見えるようだった。私はそばにいて、身障者のまなざしに無言の非難を見なければならないような気がした。

息を切らして町に、家に着き、私は階段を一気にかけあがった。そのときはじめて、ドアの前に立っても、しまったドアをあけるかぎを持っていないのに気づいた。しかし私の不安はおさまった。というのは、台所のドアにたどりつかないうちに、中で歌ごえが聞こえたからである。それは妙な瞬間だった。胸をどきどきさせ、すっかり息を切らして、私は階段の暗い中つぎ段に立って、徐々に心をおちつけながら、とじこめられている身障者の歌に耳を澄ました。彼は小声で、哀切に、いくらか訴えるように、「白く赤い小さい花」という恋の俗謡を歌っていた。彼がもう久しく歌っていなかったことを私は知っていたので、静かな時を利用して彼なりにいくらか楽しもうとしているのを耳にして、私は心を打たれた。

こうしたものだ。人生は、真剣なできごとと深い感動のかたわらに、こっけいなものを置くことを好むものだ。そんなことで、私もすぐに自分の立場のこっけいさと恥ずかしさを感じた。私はとつぜん不安にかられて、一時間も野道を走って帰り、かぎを持たずに台所の戸の前に立った。そのまま引きあげるか、しまっている二枚のドア越しに自分の善意を身障者に向かってどなるかするよりほか、しようがなかった。私は哀れな男を慰めよう、同情を示そう、退屈をまぎらしてやろう、という決心をもって階段に立っていた。ところが、その相手はなにも知らず、こしかけて歌っていた。もしどなったり、ノックしたりして、私のいることを知らせたら、彼はきっと驚くばかりだったろう。

立ち去るよりほかしかたがなかった。私は、日曜らしくにぎわっている小路《こうじ》を一時間もぶらついた。それから行ってみると、さしもの師一家が帰っていた。こんどはボピーと握手するのに、我慢する必要はなかった。私は彼のそばにこしかけ、話をはじめ、これまで何を読んだか、とたずねた。読み物を貸してやろうと申し出たのは、むろんのことだった。彼はそれをありがたがった。彼にイェレミアス・ゴットヘルフをすすめると、彼はその作品をほとんどみんな読んでいることがわかった。しかし、ゴットフリート・ケラーはまだ知らなかったので、その本を貸してやると約束した。

翌日、本を持って行くと、細君はちょうど外出しようとしていたし、親方は仕事場にいたので、私はボピーとふたりだけになる機会を得た。そこで、きのう彼をひとりぼっちにしたのを、私はひどく恥じていること、これから彼の友だちになり、ときおりそばにこしかけられるのは、うれしいことなどを、彼にうちあけた。

小さい身障者は大きな頭を私の方に向けて、私の顔を見、「どうもありがとう」と言った。それだけだった。しかし、こういうふうに頭を向けるのは、彼にはほねのおれることで、健康なものが十ぺん抱擁するくらいの値うちがあった。彼のまなざしはたいそう明るく、子どもらしく美しかったので、私は恥ずかしさに血が顔にのぼって来るのを感じた。

さて、まださしもの師と話をつけるという、なお一そうむずかしいことが残っていた。私のきのうの不安と恥ずかしさを率直にざんげするのが、一ばんよいと思った。残念ながら彼には私の気持ちはわからなかったが、話は通じた。彼は病人を私と共同の客として家におくことに同意した。したがって、彼を養うためのわずかの費用を分けあうことになり、私はボピーのもとに随意に出入りし、彼を実の兄弟のように見てもよいという許可を得た。

秋は例年になく、いつまでも好天気で、暖かだった。そこで私がまずボピーのためにしたのは、彼のために移動イスを買い、毎日、たいてい子どもらを連れて戸外に押して行ってやることだった。

八

人生からも友人からも、自分が与えうるより、ずっと多く受けるというのが、いつも私の運命だった。リヒャルトの場合も、エリーザベトの場合も、ナルディニ夫人の場合も、さしもの師の場合も、そうだった。それがいま、成熟した年齢になり、十分自尊心を持つようになったのに、私はみじめな身障者の弟子となり、驚嘆し感謝するという、まわりあわせを体験したのであった。私が、ずっと前にとりかかった創作を完成し、世に送り出すということがいつかほんとになったとしたら、その中のすぐれた点で、ボピーから学ばなかったものは、ほとんどないだろう。私にとって意義のある楽しい時が始まった。私は終生この時期を豊かな心のかてとしてかみしめていくだろう。病気も孤独も貧乏も虐待《ぎゃくたい》も、軽い屈託のない雲のようにその上を飛び去って行くにすぎない、りっぱな人間の魂の中を、はっきりと深くのぞきこむことが、私に許されたのだった。

私たちの美しい短い生活を、塩からくし、台なしにする小さな悪徳の数々、たとえば、怒り、焦燥、不信、虚偽など——私たちを醜悪にする、いとわしい不潔なうみがすべて、この人の場合は、長い徹底的な悩みによって、苦痛のもとに焼ききよめられていた。彼は賢者でも天使でもなかったが、知恵と献身とに満ちた人で、大きな恐ろしい苦悩と不自由とをなめているうちに、恥じることなく、自分を弱いものと感じ、神の手にゆだねることを学んだのである。

あるとき、私は彼に、力のない痛むからだを、いつもどうやってうまくしまっているのか、とたずねてみた。

「いたって簡単なことです」と彼はうちとけて笑った。「私と病気とのあいだには、はてしない戦いが行なわれているわけです。あるときは私が戦いに勝ち、あるときは負けます。こうして取っ組みあいを続け、ときには双方とも静かになり、休戦を結びますが、たがいに監視しあい、すきをうかがっては、またどちらかがむてっぽうになり、戦争が新たに始まります。」

それまで私は、確かな目を持ち、すぐれた観察者であると、いつも思いこんでいた。ところが、この点でもボピーは私の見あげる師匠となった。彼は、自然、特に動物に大きな喜びを寄せていたので、私は彼をたびたび動物園へひっぱって行った。そこで私たちは実に楽しい時間を過ごした。ボピーは、いくらもたたないうちに、一つ一つの動物をみな覚えてしまった。私たちはいつもパンと砂糖を持って行ったので、動物のほうでも私たちを覚えたのが少なくなかった。私たちは多種多様な友情を結んだ。特にバクをひいきにした。バクの唯一《ゆいいつ》の取り柄《え》は、ほかの動物にはない独特の潔癖さであった。ほかの点ではうぬぼれが強く、頭の働きは乏しく、無愛《ぶあい》想《そう》で、恩知らずで、ひどい食いしんぼうだった。そのほかの動物は、特に象、シカ、カモシカ、きたない野牛でさえ、砂糖をもらえば、親しげに私たちを見つめるか、私がなでるのを喜んで我慢するかして、いつも一種の感謝の意を示した。バクにはそういうところは少しもなかった。私たちが近づくと、彼はすばやく格子《こうし》のそばに現われ、私たちからもらったものをゆっくりときれいにたいらげ、もう自分にはなにも舞いこんで来ないことがわかると、うんともすんとも言わずに引っこんでしまうのだった。そこに私たちは、自負と性格の現われを見た。彼は、自分にあてがわれたものをぺこぺこしてもらいもせず、ありがたがりもせず、当然のみつぎもののようにこだわりなく収めるので、私たちは彼を収税吏と呼んだ。ボピーはたいてい自分でえさをやることができなかったので、バクにはもう十分やったか、もうひときれやったほうがいいかについて、ときどき口争いが起きた。それが国家的要件でもあるかのように、私たちは具体的に詳細に検討考量した。あるとき、私たちはもうバクのそばを通り過ぎたのだが、ボピーが、バクに角砂糖をもうひときれやらなくてはいけない、と言った。そこで引き返したが、そのあいだにわらの寝床にひっこんだバクは、高慢ちきにこちらをちらっと見るだけで、格子のそばに出て来なかった。「どうぞお許しください、収税吏さま」とボピーはバクに向かってどなった。「お砂糖を一つまちがえたようでして。」それから象のところへ行った。象はもう待ちかねたように、のっそりのっそり行ったり来たりしながら、あたたかい自由自在な鼻をさしのばした。象にはボピーみずからえさをやることができた。大きな象がしなやかな鼻を彼の方に曲げ、パンを手の平から受け取り、ひょうきんな小さい目でずるそうになつっこく私たちを見るのを、ボピーは子どものように大喜びでながめた。

私は動物園の番人と話しあいをつけ、私がそばについている暇のないときは、ボピーを移動イスにのせたまま庭に置いておいてもよいことにしてもらったので、彼はそういう日でも日なたで動物を見ることができた。あとで彼は見たことを残らず私に話して聞かせた。特に、ライオンが妻をどんなに丁重に扱うかを見て、彼は心をひかれた。雌のライオンが横になって休むと、雄はたえず行ったり来たりするのに、雌にさわらないような、じゃまにならないような、またがないような方向をとった。ボピーが一ばんおもしろがったのは、カワウソだった。彼は飽かず、このすばしこい動物のしなやかな水泳術や体操術を観察し、あけっ放しで喜んだ。彼自身はイスの中で動けず、頭や腕をちょっと動かすにも苦労をしなければならなかったのに。

私がボピーに自分の二つの恋物語を語ったのは、その秋の一ばんよく晴れた一日だった。私たちはたがいに非常に親密になっていたので、私はこの楽しくもかんばしくもない体験をそれ以上黙っていられなかった。彼はやさしく親身に聞いてくれたが、なにも言わなかった。あとでしかし彼は、白い雲にたとえられたエリーザベトに一度会いたい、という願いを私に打ちあけた。そして、万一彼女に往来で会うようなことがあったら、ぜひそうするように考えてくれ、と私に頼んだ。

そんなことはとうてい起こりそうになかったし、朝晩が冷たくなり始めたので、私はエリーザベトのところへ行って、哀れなボピーのためにその喜びを与えてやってほしい、と頼んだ。彼女は親切に、私のこころをかなえてくれ、約束の日に私に迎えられて、動物園に同行した。そこにボピーが移動イスに乗って待っていた。美しい、りっぱな身なりの、上品な婦人は、ボピーに手をさしのべ、少し彼の方にからだをかがめた。哀れなボピーは、喜びに輝く顔から大きなやさしい目を、感謝と、ほとんど情愛をこめて、彼女に向かって開いた。この瞬間ふたりのうちどちらがより美しく、私の心により近いか、私にはきめかねるくらいだった。淑女はやさしいことばをかけ、身障者は輝く目を彼女に注いだ。私はかたわらに立って、自分のもっとも愛するふたりの人間が、しかも人生の広いみぞによって隔てられているふたりが、一瞬手を取りあっているのを見て、異様の感に打たれた。ボピーはその午後じゅうエリーザベトのことしか話さず、彼女の美しさ、けだかさ、やさしさ、衣装、黄いろい手袋と緑色のくつ、歩きぶりとまなざし、声と美しい帽子をほめたたえた。一方、私は、自分の恋人が自分の心の友に施し物を与えるのを見て、苦痛にも、こっけいにも感じた。

その間にボピーは「緑のハインリヒ」と「ゼルトヴィラの人々」を読んでしまっ

た。そしてこれらの比類のない本の世界にすっかりなじんだので、ふくれっつらのパンクラツや、アルベルッス・ツヴィーハンや、正義のくし作りなどに、私たちは共通の友を持つようになった。私は彼にC・F・マイヤーの本もなにか貸したほうがよいかどうかと、しばらく迷ったが、マイヤーのあまりに引きしまった文章のほとんどラテン語的な含蓄を、ボピーはおそらく珍重はしないだろう、と思った。それに私は、朗らかに静かな彼の目の前に歴史の深淵《しんえん》を開くのも、どうかと思った。マイヤーのかわりに、私は聖フランシスの話をしてやり、メーリケの物語を読ませた。もし彼があれほどたびたびカワウソの水槽のそばに立ち、さまざまなおとぎ話めいた水の幻想にふけらなかったら、美しい水の精ラウの物語を大部分味わうことができなかったろう、という彼の告白は、私に感銘を与えた。

私たちがこうしてしだいに、おれおまえと言いあう兄弟づきあいをするようになったのは、愉快だった。私がそうしようと持ちかけたわけではなく、またそうしたとしても、彼は受け入れなかっただろう。しかし、ごく自然に私たちはたがいにおまえと呼びあうことが多くなり、ある日それに気づいた時、私たちは笑わずにはいられなかった。そしてそれからはずっとそうすることにした。

初冬の訪れとともに、移動イスで散歩に出ることができなくなり、また長いあいだボピーの義兄の居間で晩を過ごすようになると、自分の新しい友情はやはり犠牲なしに得られたものでないということに、おくればせながら気づいた。つまり、さしもの師はたえずふきげんで無愛想で口をきかなかった。長いあいだには、役にたたない居候が目ざわりにいつもそばにいることばかりでなく、同様にボピーに対する私の関係も、彼を不愉快にした。あるとき、私がひと晩じゅうボピーと楽しくおしゃべりしていたのに、主人は新聞をもってそばで腹をたてていた、ということもあった。ふだんはひと一倍辛抱強い細君とも、ボピーをよそへあずけるということを、こんどは細君が自分の意志を固執し、ボピーをよそへあずけるということを、どうしても承知しなかったからである。彼の気持ちをもっとなごやかにしよう、あるいは彼に新しい提案をしよう、といくども私は試みたが、親方にはとりつくしまがなかった。それどころか、彼はがみがみ言い、ボピーと私の友情をあざけり、ボピーにつらい思いをさせるようにさえなった。もちろん、病人ばかりか、私が毎日彼のそばに腰をすえているのは、それでなくても窮屈な所帯にとってやっかいな重荷にちがいなかった。しかし私は、親方が私たちの仲間になり、病人をいつくしむようになることを、依然として望んでいた。結局なにをするにしても、親方をきずつけるか、ボピーに不利になるしかないようなことをするのは、不可能になってしまった。私は手っとり早いむりな決心をきらうたちなのだ、——チューリヒ時代に、もうリヒャルトは私を「ぐずのペトルス」と名づけていたくらいだが——数週間様子を見ながらも、一方の友情を、あるいはひょっとすると両方の友情を失うかもしれないという恐れに、たえず苦しんだ。

こういう煮えきらない関係のため不快がつのったので、私はまたしげしげと居酒屋へ行った。ある晩、いやないきさつに私はことのほかむかむかしたあとで、ワートラント酒を飲ませる小さいブドウ酒店へ行き、数リットル引っかけて、この苦しみをかたづけてやろうとした。二年ぶりではじめて私は、まっすぐな姿勢で家へ帰るのに苦労した。その翌日、うんと飲んだあとではいつもそうだが、快く冷静な気分になったので、勇気を振るって、この芝居に最後の幕をおろすため、さしもの師をたずねた。私は彼に、ボピーを完全に私にまかせてくれ、と申し出た。彼はいやな顔はしなかったが、数日考慮したのち、実際に承知した。

その後まもなく、私は哀れなボピーを連れて、新しく借りた住居に移った。いつもの独身者の下宿のかわりに、本式の小世帯をふたりで始めることになったので、結婚でもしたような気持ちになった。はじめのうちは、いろいろまずい経済上の実験をしたものの、なんとかやれた。そうじや、せんたくのためには、派出婦が来た。食事は家に運ばせた。やがて私たちはこの共同生活をあたたかく快く感じるようになった。のんきな大小の旅行を将来あきらめなければならない不自由さも、当座は苦にならなかった。仕事をするときは、友だちが静かにそばにいるため、かえって心がおちつき、よくはかどるような気がした。病人のためのささやかな世話は、私にははじめてのことであり、最初はあまり気持ちがよくなかった。ことに服を脱がせたり、着せたりすることはそうだった。だが、友だちはじつに忍耐強く、感謝の念を示したので、私は恥ずかしくなり、細心に世話してやるように努めた。

＊

例の教授のところへはもうあまり行かなかったが、エリーザベトのところへはしげしげと行った。彼女の家は、なんのかのといっても、いつも変わらぬ魅力をもって、私をひきつけた。そこに腰をおろして、お茶と一杯のブドウ酒を飲み、彼女が主婦の役を演じているのを見ると、私はときどき感傷的なむら気に襲われた。私は、自分の心に起きるおよそヴェルテル的な感情に対しては、いつもあざけりをもって戦っていたのであるが。――女々しい青春の恋愛の利己主義は、たしかに完全に私の心から消えていた。こうして私たちのあいだは、いきな親密な戦争状態というのが、ほんとうの関係であった。親友らしくけんかするということなしに、一しょになることは実際まれだった。賢明な夫人の、じょさいのない、女らしくいくらか甘やかされた分別は、恋しているが野暮《やぼ》な私の性質と、なかなか悪くない取り組みだった。私たちは心の底ではたがいに尊敬しあっていたので、それだけ一そう強く、つまらぬささいな事について、一々けんかするようになった。独身生活を彼女に対して――つい最近までは命をかけても結婚したいと思った女性に対して――擁護するなんていうのは、特にこっけいだった。そればかりか、好漢であり、才知にたけた妻を誇りにしている彼女の夫もろとも、私は彼女をからかいさえした。

古い恋は私の心の中で静かに燃え続けた。それはもはや以前の、求めるところの多い花火ではなくて、ありがたい長持ちする熱い火で、心の若さを保ってくれ、希望のないひとり者も、冬の晩にはときおり指をあたためることのできるものであった。ボピーが完全に私の身近にいるようになり、たえず誠実に愛されているという不思議な意識で私を包むようになってから、私は自分の愛を青春と詩との一片として、なんの危険もなく生かしていくことができた。

そのうえ、エリーザベトは、まったく女らしいいじわるによってときどき私に、私の心を冷却させ、私の独身生活を心から喜ぶようにさせる機会を与えた。

哀れなボピーが私と住居をともにするようになってから、私はエリーザベトの家にもますますごぶさたするようになった。私はボピーと一しょに本を読み、旅行のアルバムや日記をめくり、ドミノ遊びをした。気晴らしにムク犬を飼い、窓から冬のはじめの景色を観察し、毎日気のきいた話や、愚にもつかぬ話をたんまりした。病人はすぐれた世界観を身につけていた。具体的な人生観察で、やさしいユーモアにあたためられていた。私はそれから毎日教えられるところがあった。雪がさかんに降るようになって、冬が窓外に清らかな美しさを展開するようになると、私たちは少年らしい喜びをもって、暖炉のそばで、しんみりと室内の牧歌にひたった。長いあいだくつをすりへらして求めて得られなかった、人間を知る術《すべ》を、私はこの機会に、こうして事のついでに学んだ。つまりボピーは静かな鋭い傍観者として、以前の環境の生活の印象を豊かに持っていたので、ひとたび始めると、驚くほど話をすることができた。この病人は一生のあいだに四十人たらずの人間しか知らなかったし、大きな流れの中で揉《も》まれたことはなかった。それにもかかわらず、彼は人生を私よりずっとよく知っていた。なぜなら彼は、ごく小さいものをも見、どんな人間の中にも体験と喜びと認識の泉を見いだすことに慣れていたからである。

私たちのお得意の楽しみは相かわらず動物の世界に対する喜びだった。動物園の動物を訪れることはもうできなかったが、それらの動物についてあらゆる種類の物語やたとえ話を考え出した。この大部分は、話すのではなく、即席に対話として述べた。たとえば、二羽のオウムのあいだの恋の打ち明け、野牛のあいだの家庭争議、イノシシの晩の談話、といった調子だった。

「ごきげんいかがですか、テンさん?」

「ありがとう、キツネさん、まあどうにかです。ご承知のように、私はつかまった時、かわいい女房をなくしましたよ。あれはピンゼルシュワンツという名でした。先刻申しあげましたように、あれは、あなた、まったく真珠でしたよ、――」

「いやはや、古い話はやめにしてくださいよ、お隣さん、私の思い違いでなければ、あなたはもうたびたび真珠の話をしましたよ。ああ、しょせん一度しか生きられない命ですよ。わずかばかりの楽しみでもふいにしちゃなりませんよ。」

「失礼ながら、キツネさん、私の家内を知っておられたら、私の気持ちももっとよくわかったでしょうに。」

「いや、ごもっとも、ごもっとも。さて、奥さんはピンゼルシュワンツとおっしゃいましたね？　美しいお名まえですね、なでたいほどです。はて、いったいなにを言うつもりだったかな？——そうそう、鼻持ちならぬスズメのいたずらがまたひどくなってきたのに、お気づきでしょうね？　私にちょっとした計略があるんです。」

「スズメのことでですか。」

「スズメのことでです。どうですか、こう考えたんです。つまり、格子の外に少しパンを置いとくんです。そして、じっと横になって、やつらを待つんです。それでもあんなやつをひっつかまえることができなかったら、どうかしてますよ。ご意見いかがです？」

「すてきですな、お隣さん。」

「じゃどうぞパンを少し置いてください——そう、結構です！　だが、も少し右へ、こちらへ寄せてくださいませんかね。そのほうが私たち双方にとっていいぐあいです。というのは、あいにく私はいまのところ持ち合わせがさっぱりありませんのでね。それで結構です。じゃ、気をつけて！　そこで横になって、目をつぶりましょう——しっ、そらもう一羽とんで来ましたよ！」（間）

「さて、キツネさん、まだつかまりませんか。」

「なんて気の短い！　はじめて狩りに出たとでもいうような！　狩りをするものは、待って待って待ちぬくことができなくちゃ、だめですよ、じゃ、もう一度！」

「はて、パンはいったいどこへ行ったんでしょう？」

「ええ、なんですって？」

「パンがどこにもありませんよ。」

「まさかそんなことが！　パンがないなんて？　ほんとに——なくなっている！　これはなんとしたことだ！　もちろんまたあのけしからん風が。」

「いや、私には思いあたるふしがある。さっきあなたがなにか食べているのが聞こえたような気がした。」

「なんですと？　私がなにか食べたと？　いったいなにを。」

「たぶんあのパンを。」

「まぎれもなくひとを侮辱するような推量をなさる、テンどの。隣のひとの言うこととありゃ、ちっとは我慢しなきゃならないが、それはひどすぎる。ひどすぎる、と言うものだ。わかりましたかな？　――やっぱり私がパンを食べたとおっしゃるか！　いったいなんと思っていらっしゃる？　まず私はあんたの真珠のくだらん話を千べんも聞かされ、それから私はうまいことを思いつき、私たちはパンを外へ置き――」

「それは私ですよ！　私がパンを出したんですよ。」

「――私たちはパンを外へ置き、私は横になって、気をつけていた。万事うまくいってるのに、あんたがくだらん口出しをした――むろんスズメは逃げてしまった。狩りはだいなしになった。おまけに私はパンを食ったなどと言われる！　いや、当分おつきあいはごめんだ。」

こんなことで午後と晩はわけもなくどんどん過ぎた。私ははずんだ気分で、気持ちよくどしどし仕事をし、前にはあんなに怠慢で、ふきげんで、憂うつだったのが、不思議に思われた。リヒャルトと一しょだった一ばん楽しい時でも、この静かな朗らかな日々よりよくはなかった。外では雪が舞い、暖炉のそばでは私たちふたりがムク犬と一しょに快く楽しんでいる日々よりは。

　ところが、ボピーはあとにもさきにもないようなばかなまねをやってしまった！ 私は満足していたので、むろん盲目同然で、彼のぐあいがいつもより悪いことに気づかなかった。彼は彼で、ただもう謙虚さと愛とから、いつになく愉快に振る舞い、苦しさを訴えず、私がタバコを吸うのさえとめなかった。そして彼は夜、寝てから、苦しんで、せきをし、かすかにうめいた。まったく偶然、私がある夜おそくまで隣室で書きものをしていた時、彼は私ももうとっくに床にはいったものと思っていたのだろう、彼のうめくのが、私に聞こえた。哀れな男は、私がとつぜんランプを持って彼の寝室にはいると、びっくりぎょうてんした。私はあかりをわきに置いて、彼の寝台にこしかけ、問いつめた。長いあいだ、彼は逃げを張ったが、とうとう白状した。

「そんなに悪いことはないんだよ」と彼は内気に言った。「ただあちこちからだを動かすと、心臓がけいれんするような気がするだけだよ。それから呼吸するときも、ときどきね。」

彼は、病気の重くなることが犯罪ででもあるかのように、あやまった。

翌日、私は医者へ行った。寒気にさえた晴れた日で、みちみち私の胸苦しさと憂慮は薄らいだ。私はクリスマスのことさえ考え、なんでボビーを喜ばせてやろうか、と頭をひねった。医者はまだ家にいたので、私の切望にこたえ、一しょに来てくれた。彼の快適な馬車でやって来、階段をあがり、ボビーのへやへはいった。触診、打診、聴診が始まった。医者はこころもち厳粛になった。声はいくらかやさしかったが、そのあいだに私の心からは明るい気分がすっかり消えてしまった。痛風、心臓の衰弱、重態――私は傾聴し、一々書きとめた。医者が入院を命じた時、自分がぜんぜん反対しなかったのを、私はわれから不思議に思った。

午後、寝台車が来た。病院からもどると、自分の住居が恐ろしく感じられた。ムク犬が私にまつわりついた。病人の大きなイスはわきに寄せられ、かたわらのへやはからっぽだった。

愛するということは、こうしたものだ。愛することは苦痛をともなう。この後、私は多くの苦痛に悩んだ。だが、苦痛に悩むか悩まないかは、たいした問題ではない！　強い一体の生活がありさえすれば、生あるすべてのものを私たちとつなぐ、緊密な、いのちの通うきずなが感じられさえすれば、愛が冷たくなりさえしなければ、それでよいのだ！　あのころのように、もっとも神聖なものをもう一度のぞくことができたら、私は自分の味わった朗らかな日のすべてを、すべての恋愛や創作の計画とともに放棄するだろう。目や心は激しく痛み、美しい誇りや自負もひどい刺し傷を受けるだろう。しかしそのあと、人はごく静かに、つつましくなり、ずっと成熟し、胸中に活気を増すのである。

すでにあのとき、小さい金髪のアギーとともに、私の古い性質の一部が死んだ。いまは、自分の愛をことごとくささげ、全生活をともにしてきた病人が苦しみ、徐々に死んでいくのを見、毎日ともに苦しみ、死のあらゆる恐怖と神聖さを、私なりにともにした。私は愛の術にかけてまだ初心者だったのに、死の術の厳粛な章をさっそく習い始めねばならなかった。この時期については、パリについて黙っていたように、黙ってはいない。この時期について、私は、女性が婚約時代について語り、老人が少年時代について語るように、声を大にして語りたい。

私は、一生涯《いっしょうがい》ただ苦悩と愛とに終始した人が死んでいくのを見、死の働きを心中に感じながら、子どものように冗談を言っているのを聞いた。ひどい苦痛の中から彼のまなざしが私を求めるのを、私は見た。それは、私にあわれみを請《こ》うためではなく、私の心を引き立て、このけいれんと苦悩にもかかわらず、彼の心のなかのもっとも貴いものは少しもそこなわれずにいることを私に示すためだった。そういうとき、彼の目は大きくなった。しおれていく彼の顔はもはや見えず、大きな目の輝きだけが見えるようになった。

「なにかしてあげようか、ボピー？」

「なにか話しておくれ。バクの話でも。」

私はバクの話をした。彼は目を閉じた。私はふだんのように話すのに、ほねがおれた。たえず泣きだしそうになったからである。彼はもう聞いていないか、眠っている、と思うと、私はすぐ口をつぐんだ。すると、彼は目を開いた。

「――そしてそれから？」

私は話しつづけた。バクのこと、ムク犬のこと、父のこと、ちびの悪者マテオ・スピネリのこと、エリーザベトのことを。

「ほんとにあの人はばかな男と結婚したものだ。そうしたもんだね、ペーター！」

たびたび彼はとつぜん、死について話し始めた。

「冗談じゃないよ、ペーター。どんなつらい仕事だって、死ぬことほどつらくはないよ。でも、結局はそこを通り抜けて行くんだ。」

あるいは、こんなふうにも言った。「この苦しみが耐え通せたら、ぼくはきっと笑えるよ。ぼくの場合は、死にがいがあるわけさ。背中のこぶと、短い足と、しびれた腰とからのがれるわけだからね。きみのように広い肩とみごとな達者な足を持っていたら、実際惜しいだろうがね。」

あるとき、最後の数日になってから、短いまどろみから目をさますと、彼は声を張りあげて言った。

「牧師が言うような天国はありゃしないよ。天国はもっとずっと美しい。ずっと美しい。」

さしもの師の細君はたびたびやって来て、ぬかりなく同情を示し、援助の用意のあることを示した。が、私が非常に残念に思ったのは、さしもの師がぜんぜんやって来ないことだった。

「どう思うかね?」と私は気まぐれにボピーにたずねた。「天国にもバクはいるだろうか。」

「いるともさ」と彼は言って、さらにうなずいた。「天国にはどんな種類の動物だっているよ、カモシカだっているよ。」

クリスマスが来た。私たちは彼の寝台のかたわらでささやかなお祝いをした。きびしい寒気が訪れ、しもどけがし、凍りついた地面に新雪が降った。しかし私はそんなことにいっこう気がつかなかった。エリーザベト夫人が男の子を産んだことを聞いたが、私はそれをまた忘れた。ナルディニ夫人からおもしろい手紙が来たが、私はちらっと目を通しただけで、わきへ置いた。一刻一刻を自分と病人から盗みでもするような意識にたえず駆られて、仕事を大急ぎでかたづけた。それからあわただしくいらいらしながら病院へかけつけた。するとそこには朗らかな静けさが支配していた。私は、夢みるような深い平和に包まれて、半日ボピーの寝台のそばにこしかけていた。

臨終の直前になお数日いくらか良い日があった。そのとき、妙なことに、たった今のことが彼の記憶から消えたようで、彼はまったく昔の思い出の中に生きていた。二日間彼は母のことしか話さなかった。もちろん彼は長い話をすることはできなかったのだが、数時間黙っているあいだにも、母を思っていることがわかった。

「ぼくはきみに母のことをあまりに少ししか話さなかったね」と彼は嘆いた。「母にちなむことは、一つだって忘れないようにしてくれたまえ。でないと、母のことを知り、母に感謝を寄せる人が、まもなくひとりもなくなるからね。ペーター、みんながあんな母を持ったら、いいだろうなあ。ぼくが働けなくなっても、母はぼくを救貧院に入れはしなかったよ。」

彼は横になっていたが、呼吸が苦しそうだった。一時間たってから、彼はまた話し始めた。

「母は、子どもたち全部のなかでぼくを一ばんかわいがり、死ぬまで手もとから離さなかった。兄弟は出かせぎに出、姉はさしもの師と結婚したが、ぼくは家に残った。母はひどく貧乏だったが、ぼくにつらくあたるようなことはけっしてしなかった。ぼくの母を忘れてはいけないよ、ペーター。母はいたって小さかった。ぼくよりまだ小さかったかもしれない。ぼくと握手すると、まるっきり、ちっちゃな小鳥がとまったようだったからね。死んだ時には、子どもの棺《かん》で間《ま》にあうって、隣のリユティマンが言ったよ。」

ボピーにもだいたい子どもの棺で間にあっただろう。彼は清潔な病院の寝台に、あるかなきかと思われるほど小さくなって横たわっていた。彼の手は、病気の女の手のように見えた。長く、細く、白く、少しまがって。――母を夢みることをやめると、こんどは私のことが話される番になった。私がそばにこしかけているのを忘れでもしたように、彼は私のことを話した。

「彼は不運な男さ、もちろん。だが、それでどうこうということはない。彼のおふくろがあんまり早く死んだんだ。」

「まだぼくがわかるかい？　ポピー」と私はたずねた。

「はい、わかりますとも、カーメンチントさん」と彼はふざけて言い、小声で笑った。

「歌えさえしたらなあ」と彼はそのすぐあとで言った。

最後の日に彼はこんなことまでたずねた。「ねえ、この病院は金がうんとかかるかい？　ずいぶん高くつくだろうね。」

だが、その返事を待ってはいなかった。ほのかな赤みが彼の白い顔にさした。彼は目を閉じ、しばし非常に幸福な人のように見えた。

「ご臨終です」と看護婦が言った。

だが、彼はもう一度目を開き、いたずらっ子のように私を見つめ、うなずきかけようとするかのように、まゆを動かした。私は立ちあがって、手を彼の左の肩の下に入れ、そっと彼のからだを少し起こした。そうすると、彼はいつも気持ちよがるのだった。こうして私の手の上で、彼はもう一度短い苦痛の発作に口びるをゆがめたが、やがて頭を少しまわして、急に寒けでもするように、ぞっと身ぶるいした。それがこの世からの救いだった。

「ぐあいがいいかい？　ボピー」と私はなおもたずねた。しかし彼はもう苦しみを脱して、私の手の中で冷たくなっていった。一月七日午後一時だった。夕方、万事かたづけた。小さい身障者のからだは、それ以上醜くなることもなく、平和に清らかに、運び出され、埋葬される時が来るまで、そこに横たわっていた。この二日のあいだ、私は特に悲しくもなく、とほうにくれもせず、泣きだしもしなかったのを、たえず不思議に思った。病気のあいだに離別を深く感じつくしていたので、今はもうそういうものはほとんどあとをとどめず、私の苦悩の揺れる天びんざらは、軽くなってゆっくりとまた上にあがって来たのだった。

それにもかかわらず、今は町をひそかに去って、どこかで、できるなら南国で、ゆっくり休息し、自分の創作の荒けずりに立案されたばかりの糸を、真剣に織機にかけるべき時機であるように思われた。金はいくらか残っていたので、文筆上の義務を放棄し、春のはじめとともにいち早く荷造りして、旅に出る用意をした。まず、八百屋のおかみさんが私の訪問を待っているアシジへ行き、それからみっしり仕事をするため、できるだけ静かな山村へひっこむつもりだった。自分は生と死を今では十分に見たので、それについていささか所感を述べて、ほかの人々に聞いてもらうように求めてもよい、と思われた。楽しい待ち遠しさで私は三月を待ち、早くもさき走って、イタリア語の力強いことばを耳にあふれるほど聞き、米料理リゾットーやオレンジやキアンティ酒のくすぐるような芳香を鼻につんとくるほど感じるのだった。

計画は申しぶんなく、長く考えていればいるほど、ますます私を満足させた。しかし、キアンティ酒をあらかじめ楽しんだのは、よいことだった。というのは、万事ちがった事態になったからである。

二月に、故郷の飲食店の主人ニーデガーが、おしゃべりな奇抜な文体の手紙をよこし、雪が非常に深く、村では家畜も人間も万事いいというわけではなく、特にご尊父は憂慮すべき状態にある、と知らせてきた。つまるところ、金を送るか、自分で来るかするがよかろうというのだった。送金はつごうが悪かったし、実際老人のことが心配だったので、私はすぐ帰省するよりほかなかった。ひどい天気の日に私は着いた。降雪と風のため、山も家も見えなかった。道をそらで知っていたのは、幸いだった。老カーメンチントは、予期に反して、床についてはおらず、暖炉のすみに見すぼらしくしょんぼりとこしかけていた。牛乳を持って来た隣の女に攻めたてられているところだった。彼女は父の身持ちの悪さについて、洗いざらい根気よく訓戒していた。私がはいって行っても、いっこう平気だった。

「ほら、ペーターがもどって来おった」と白髪の不心得者は言って、左の目をぱちくりさせて私の方を見た。

だが、隣の女はまどわず説教を続けた。私はイスに腰をおろして、彼女の隣人愛の泉がかれるのを待った。彼女の話の中には、私が承っても悪くないふしがあった。かたわら私は、外《がい》とうと長ぐつの雪がとけて、自分のイスのまわりに、最初はぬれたまだらを作り、やがて静かな水たまりを作るのを、ながめていた。やっとおかみさんが説教を終えた時、正式の再会が行なわれた。それには彼女もいたってあいそよく加わった。

父はめっきり力が衰えていた。私は、むかし親孝行のまねごとをちょっとのあいだしようとしたのを思い出した。あのときの旅立ちは結局なんの役にもたたなかったとしても、いまは、父をたいせつにすることはむろん一そう必要だったので、つぐないをすることができたわけである。

結局、好調の時代でも道徳のかがみではなかった強情な老百姓に、老齢の病気にとりつかれるようになってから、やさしくなれ、息子の愛の芝居を感激して受け入れよ、と注文しても無理である。私の父もぜんぜんそんなことはしなかった。病気が悪くなればなるほど、父はいやな人間になり、以前私が彼を苦しめた分を残らず、利子をつけないまでも、たっぷり過不足なく払い返した。なるほどことばの点では、私に対し、控えめで、用心深かったが、どぎつい手段をたんまり使って、無言で、不満と、にがにがしさと、さもしい根性を示した。自分もいつか年をとったら、あんな始末におえない、むずかしい偏屈ものになるのだろうかと、われながら怪しまずにはいられなかった。飲むことは打ちきられたも同然だった。私が日に二回杯についでやる上等な南国産のブドウ酒を、彼はにがい顔つきで飲んだ。私はいつもビンをすぐからっぽな地下室にもどし、そのかぎはけっして父にまかせなかったからである。

二月末になってやっと、高山の冬をあれほどみごとにする明るい幾週かが始まった。高い、雪におおわれた山の絶壁は、ヤグルマソウのように青い空にくっきりとそびえ、透明な大気の中でうそのように近く見えた。牧草地と山の斜面は雪におおわれていた。低地ではけっして見られないほど白く透きとおって強くにおう山の雪だった。小さく大地のふくらんだ所では、日光が真昼どき、はなやかな祝祭を祝い、くぼ地や斜面には、紺青《こんじょう》の影がただよい、大気は幾週にもわたる降雪のあとですっかり清められているので、日なたでは一呼吸一呼吸が楽しみである。せまい山腹では少年らがソリすべりに夢中になり、お昼すぎのひとときには、おじいさん連が小路《こうじ》にたたずんで、のうのうと日なたぼっこをする。だが、夜は屋根のたる木が寒気にめきめき音を立てる。白い雪野原のただなかに、凍ることのない湖が、静かに青く、夏にはついぞ見られないくらい美しくひろがっている。毎日私は昼食前に父をいたわって戸の外に連れ出し、父が日焼けした、ごつごつまがった指を、快くあったかい日なかにのばすのを、ながめた。しばらくすると、彼はせきをし始め、寒い、と訴えだした。これは、一杯の火酒を私から得るためのたわいない手くだの一つだった。せきも寒さもたいしたことはなかったのである。そんなことで、彼は一杯のエンチアン酒か少量のアブサンにありついた。そして、巧妙に加減しながらせきをやめ、私に一杯食わせたことを、ひそかに喜んだ。食後、私は、父をひとりにして、ゲートルを巻き、数時間、行けるところまで山に登り、帰途は、持って行った果物袋にまたがり、雪のスロープを楽しくすべって帰った。

アシジにでも旅立とうと思っていた時期が近づいても、まだメートルで数えるほどの雪が積もっていた。四月になってはじめて、春が動きだした。数年来なかったような、たちの悪い急激な雪どけが私たちの村を襲った。昼となく夜となく南風《フェーン》のほえるのが、遠くでなだれの砕けるのが、急流のたけりとどろくのが聞こえた。急流は大きな岩塊や裂けた樹木を押し流して来、私たちの乏しい狭い地所や果樹園にほうり出した。南風熱のため私は眠れず、毎夜、あらしが泣き、なだれがとどろき、荒れ狂う湖が岸に砕けるのを、不安におののきながら聞いた。こうした恐ろしい春の戦いの熱っぽい時期に、私はまた、克服した恋の病に激しく襲われたので、夜中に起き出して、戸ぐちの窓によりかかり、苦痛にもだえながら、エリーザベトに対する愛のことばを、外の激しいとどろきの中に叫んだ。なまあたたかいあのチューリヒの夜、イタリアの女流画家の家の上の丘で、恋しさに荒れ狂ってからこのかた、情熱がこれほど恐ろしく、さからいがたく私をとらえたことはなかった。美しい女性が私のすぐ近くに立って、私にほほえみかけているが、私が近づこうと一歩あゆみよるごとに、彼女はあとへさがるように思われることが、たびたびだった。私の思いは、それがどこから来るにせよ、必ずこの人の姿にもどって来た。そして、負傷した人のように、かゆいはれ物を繰り返しかかずにはいられなかった。私は自分自身を恥じたが、恥じたところで、苦しいばかりでなんの役にもたたなかった。また私は南風をのろったが、あらゆる苦しみとともに、秘めたあたたかい快感もひそかに味わった。ちょうど少年時代に、かわいいレージーを思って、なまあたたかい暗い大波に襲われたように。

この病気をいやす薬のないことはわかっていたので、せめて少し仕事をしようと試みた。そこで作品の組み立てに取りかかり、いくらかの習作を起稿したが、まもなく、いまはその時機でないことを悟った。その間にいたるところから、南風の被害報告が伝わって来た。この村でも災害はつのっていった。小川の堤防がなかば決壊し、家屋や家畜小屋でひどい損害をこうむったものが少なくなかった。村落外から家を失ったものがいくらもはいりこんで来た。どこに行っても、悲嘆と窮迫の話で持ちきりで、どこにも金がなかった。そのころのことだった。村長が私を相談室に招いて、一般救難対策委員に加わる意志はないかとたずねてくれたのは、ありがたかった。村の事情を州に訴え、特に新聞によって国を動かし、同情と寄付を求めることを私にまかす、というのだった。おりもおり、自分個人の無益な悩みを、もっと真剣なもっと価値ある事のため忘れることのできるのは、私には願ったりかなったりだった。私は死にもの狂いで働いた。手紙によってバーゼルにはすぐ寄付募集者が数人できた。州庁は、予想していたとおり、金がなくて、救援の人間を数人よこすことができただけだった。そこで私は、呼びかけと実状報告をもって新聞に働きかけた。手紙や寄付や問い合わせが舞いこんだ。私は執筆のかたわら、かたくなな百姓連と村会で議論をやりぬかねばならなかった。

きびしい、のっぴきならぬ仕事の続いた数週間は、私によい働きをした。事態が徐々に軌道にのって、私の手がいくらかすくようになったころ、周囲の牧草地は緑に色づき、湖は、雪から解放された山腹に向かって、無心にうららかに青い色をただよわせた。父はまずまず無事な日を送り、私の恋の苦しみは、よごれたなだれの残りのように、溶けて流れうせてしまった。昔、父が小舟にニスを塗ったのは、この季節だった。母は庭からそれを見物していた。私は、父の仕事ぶりや、パイプの煙や、黄いろいチョウチョに目を向けたものだった。こんどは、塗ろうにも塗る小舟がもはやなく、母はとっくに死んでいた。父は、うっちゃりほうだいの家のあっちこっちにふきげんにうずくまっていた。コンラート伯父も昔のことを思い出させた。たびたび私は、父の目をかすめて、伯父を一杯飲みに連れて行き、彼が話をしたり、いろんな計画を、人のよい笑いを浮かべて、しかもやはりなにがしの誇りをもって回想したりするのを聞いた。目下、伯父は新しい計画はもうやっていなかった。それでなくても、めっきりふけていたが、それでも彼の顔つきには、特に笑いっぷりには、なにか少年じみた、あるいは青年じみたところがあって、それが私にはうれしかった。うちでおやじのそばにいるのが耐えられなくなると、私はよく彼に慰めと暇つぶしの相手を求めた。酒を飲みに連れ出そうものなら、彼は私と並んでせかせか歩きながら、まがったやせた足で私に歩調を合わせようと、はらはらするほど一生懸命になった。

「帆を張らなくちゃ、コンラート伯父さん」と私は彼を励ました。帆といえば、必ず私たちの古い小舟の話になった。小舟はもうなくなっていたが、伯父はいとしい故人でもいたむように、それをいたんだ。私もあの古い舟を珍重していたが、いまはなくなっていたので、私たちは、舟や、それにまつわるできごとを残らず、ごくささいなことまで思い出した。

湖は昔と変わらず青く、太陽は昔に劣らず晴れがましくあたたかだった。万年若者の私はよく黄いろいチョウチョをながめ、あのころからほんとうはいくらも変わっていないような、また同じように山の草原に寝て、少年の夢をはぐくむことができるような気持ちをいだいた。実際はそうではなく、自分は生涯の相当の部分をすでに費やしてしまって、ふたたび見るよしもなくなっていることを、私は毎日顔を洗う時、さびた金だらいの中から、いかつい鼻と渋い口もとの顔に見つめられるごとに、悟るのだった。それ以上に、時の推移に錯覚を起こさせないようにしたのは、父カーメンチントだった。もし完全に現在の自分に返りたいと思ったら、自分のへやの狭い引き出しをあけさえすればよかった。そこに私の未来の作品が眠っていた。それは、時効にかかったスケッチの包みと、四つ折り判の紙に書かれた六、七個の草案から成り立っていた。しかし私はめったにそれを開かなかった。

老人の看護のかたわら、あばら屋になった家を修理するのに、することがたっぷりあった。ゆかには深い穴が口をあけているし、暖炉やかまどはいたんで、いぶって、いやなにおいがした。戸はしまらなくなっていた。かつて父の懲罰が行なわれた場所である屋根裏べやのはしご段は、いのちにかかわるくらい危険になっていた。それをどうにかする前に、まずおのをとぎ、のこぎりを修繕し、金づちを借り、くぎをさがし集めねばならなかった。そのつぎには、昔から貯蔵してあった材木の腐りかけている残りから、役にたちそうなのを整理する必要があった。道具や古い砥《と》石《いし》の手入れには、コンラート伯父が少し手伝ってくれたが、あんまり年をとりすぎ、腰がまがっていたので、たいして役にたたなかった。それで、私は、字を書くことにばかり慣れた柔らかい手を、思うとおりにならない材木ですりむき、ぐらぐらする砥石を踏んまえ、いたるところすきまのできた屋根の上をはいまわり、くぎを打ち、ハンマーを振るい、こけらでふき、のみでけずりなどした。おかげで、いくらかふとった私の大きな図体《ずうたい》は、しきりに汗のしずくを流した。ときおり、特にいやな屋根なおしの時は、ハンマーを振るっている最中に手をとめて、すわりなおし、半分消えた葉巻きをまた吸い、深い紺青の空を見あげ、いまでは父に追いたてられたり、しかられたりする心配はないと、のうのうして、自分の怠慢ぶりを楽しんだ。女や老人や学童など、近所の人が通りかかると、自分のなまけぶりを取りつくろうために、彼らとうちとけた隣人らしい話を始めた。それでしだいに、物のわかった話のできる人だという評判を立てられた。

「きょうはあったかいな、リースベト。」

「ほんとに、ペーター。なにしてるの？」

「屋根なおしさ。」

「しかたがないよ。もうとっくにしなきゃならなかったんだもの。」

「いかにも。いかにも。」

「おやじさんはどうしてる？　かれこれ七十だろう。」

「八十だよ、リースベト、八十だよ。おれたちもそれくらいになったら、どうだろうね？　こりゃ冗談じゃないよ。」

「ほんにね、ペーター。でも、わたしゃもう行かなきゃ。うちの人がお弁当を待ってるから。せっせとおやりよ！」

「さよなら、リースベト。」

彼女がどんぶりを布に包んで歩いて行くのを見送りながら、私は空中にタバコの煙を吹き、みんながあんなにまめにめいめいの仕事にいそしんでいるのに、自分はもうまる二日同じ板にくぎを打っているのは、いったいどうしたわけだろう、と頭をひねった。それでも結局、屋根の修理はできた。父は珍しくこの仕事に関心を寄せたが、彼を屋根にひっぱりあげることはできなかったから、私は詳しく話して聞かせ、板半枚ごとに一々説明しなければならなかった。そうなりゃ、多少自慢話をまじえても、あたりまえだった。

「いいよ」と父はうなずいた。「いいよ。だが、おまえが今年中に仕上げるとは思わなかったよ。」

＊

さて自分の遍歴や生活の試みを静かに顧み、よく考えてみると、魚は水のもので、百姓はいなかのものだ、ニミコンのカーメンチントはどんな細工を施しても、都会の人間や世わたりのじょうずな人間にはなれないのだ、という昔ながらの経験を、われとわが身にも体験したことが、うれしくもあれば、腹だたしくもある。それでよかったのだ、とだんだん思うようになり、世間の幸福を無器用に追い求めた結果、湖と山のあいだの元の古巣に心ならずももどったことを、かえって喜んでいる。私はこの古巣のものであり、ここなら、私の美徳も、悪徳も、特に悪徳は、先祖伝来のあたりまえのものだからである。外で私は故郷を忘れ、自分が自分自身にさえ珍しい風変わりな植物だと思われるようになりかけていた。いままた私は、ほかでもない、ニミコンの精神が自分の中に出没して、よその世間の風習に従うことができなかったのだ、ということを悟った。ここならだれも私を変わり者だなどと思いはしない。老父やコンラート伯父を見ていれば、自分だってあたりまえのできの息子であり、おいであると思われる。精神といわゆる教養の国をいくどかジグザグに飛んだのは、伯父の有名な帆走事件に比較されてしかるべきだろう。ただ金と努力と美しい年月を犠牲にした点で、私のほうが高くついただけである。外見的にも、いとこのクオニがひげを短く刈りこんでくれ、私もまたつりかわズボンをはき、腕まくりしてかけまわるようになってから、すっかりこの土地のものになりきった。私もいつか年をとって白髪になったら、いつとはなしに父の席を占め、村の生活で父の果たした小さい役割を引き受けることだろう。土地の人々は、私が幾年か異郷で暮らしたということしか知らない。私は、異郷でどんなあさましい商売を営み、どんなにたびたびどぶにはまりこんだかを、彼らに言わないように、用心している。そんなことを話そうものなら、たちまち私はばかにされ、あだ名をつけられるだろう。ドイツやイタリアやパリの話をするときはいくらかほらを吹く。それで一ばん正直な話をしている個所でさえ、ときどき自分自身の真実さが多少疑われてくるのである。

これほどさまよい歩き、年月をむなしく費やした結果は、いったいどうだったろう？　私の恋した女性、いやいまなお恋している女性は、バーゼルでふたりのかわいい子どもを育てている。私に恋した別の女性はあきらめて再婚し、果物や野菜や種子類をあきない続けている。父のために山村に帰って来たのだが、父は死にもせず、よくなりもせず、私と向かいあって寝イスにこしかけ、私をじろじろ見、私が地下室のかぎを持っているのをうらやましがっている。

だが、もちろんこれがすべてではない。母と、おぼれて死んだ青年時代の友人のほかに、金髪のアギーと、ちびでからだの不自由だったボピーを、天使として天国に持っている。村で家々が修理され、石の堤防が二つまた築かれるのを見た。その気にさえなれば村会に席を占めることもできたろう。だが、そこにはカーメンチント氏がもうはみ出るくらいいる。

さて最近私には別な前途が開けた。飲食店の主人ニーデガーといえば、そこで私と父はフェルトリーン酒やワリス酒やワートラント酒を幾リットルとなく飲んだものだが、このおやじが急に下り坂になりだして、商売をしていく気をなくしてしまった。このごろ彼は私に窮状を訴えた。一ばん困る点は、土着の引き受け手がないと、よその醸造所がこの家を買いとることだった。そうなっては、おしまいだ。ニミコンにはもうくつろげる飲み場がなくなる。どこかよその賃借人がはいって、むろんブドウ酒よりもビールの一杯売りをやるだろう。それでは、ニーデガーの上等なブドウ酒倉がだいなしになり、飲めなくなる。そうと知ると、私はおちおちしていられなくなった。バーゼルの銀行にまだいくらか私の金があった。私なら、老ニーデガーもそんなに悪いあとつぎとは思わないだろう。ただ一つの支障は、私は父の生きているうちは飲食店の主人になりたくない、ということだ。なぜなら、そうなったら、老人を飲み口から遠ざけることはとうていできないだろうし、おまけに父は、私がラテン語だ、研究だと、さんざん騒いでも、結局ニミコンのブドウ酒店の主人にしかなれなかったことに、勝ちどきをあげるにちがいなかったからである。それはいけない。それで私はいくぶん老人の死をしだいに待つような格好になる。せっかちになるわけではないが、ただ事がうまくいくようにと思ってである。

コンラート伯父は、長年鳴りをひそめていたが、最近また事業熱にとりつかれて、興奮している。私にはおもしろくない。伯父はたえず人さし指を口にくわえ、額に思案のしわを寄せ、へやの中をちょこちょことせわしげに動きまわっている。天気が良ければ、しきりに湖水を見わたしている。「どうやらまた舟でも造ろうっていうんだよ」と彼のツェンチーネばあさんが言った。実際彼は近年になく元気に張りきっているように見える。こんどこそはどう始めなければならないかが、ちゃんとわかっているような、抜けめのない得意の表情を顔に浮かべている。だが、物になりはしない、彼の疲れた魂がまもなく故郷に帰るために、いま翼を求めているだけだ、と私は思う。年とった伯父さんよ、帆を張らなくちゃ！　だが、伯父さんがいよいようなったら、ニミコンのお歴々には前代未聞《みもん》のことをお目にかけよう。というのは、私は伯父さんの墓前で、神父について、いささか弔辞を述べることに、ひそかにきめていたからである。そんなことはこの土地ではいまだかつてなかったことである。私は伯父を幸福に恵まれた人、神に愛された人として追懐するだろう。そして、このありがたい部分に続いて、親愛なる会葬者たちのために、ほどよい一つかみの皮肉の塩とコショウを呈するだろう。それを聞けば、彼らはすぐには忘れず、さぞかし忌《い》ま忌ましがることだろう。私の父もその日に会えればよいが。

引き出しには、私の大きな創作のはじめの部分がはいっている。「わが生涯の作品」ということができよう。それはあまりおおげさに聞こえるから、そうは言うまい。というのは、この作品の進行と完成はおぼつかないことを告白しないわけにいかないからである。新しく始め、続け、完成する時が、もう一度来るかもしれない。そうなったら、私の青春のあこがれは正しかったわけで、私はやはり詩人だったのである。

それは私にとって村会議員や石の堤防と同じくらいの、あるいはそれ以上の値うちがあるだろう。しかし、すらりとしたレージー・ギルタナーから哀れなボピーにいたるまで、なつかしいすべての人々の姿を含めて、私の生涯の、過ぎ去りはしたが、消えうせることのないものを、それはつぐなうに足りないだろう。

あとがき

「郷愁」原名「ペーター・カーメンチント」(Peter Camenzind) は、ヘルマン・ヘッセ (Hermann Hesse 1877—1962) の出世作として知られている。この作品が出た時、ヘッセはまだ二十七歳であったから、比較的早く一流作家の地位に達したわけであるが、それまでの経過は決して順調ではなく、むしろきびしいいばらの道であった。

「車輪の下」に自叙伝的に描かれているように、ヘッセは困難な入学試験に通って、由緒《ゆいしょ》あるマウルブロンの神学校に入学したにかかわらず、内からのあらしに襲われて、半年ほどで、脱走したのがきっかけとなり、退学になってしまった。自然児であったヘッセは、詰め込み主義の教育と、規則ずくめの寮生活にたえられなかったからであるが、実際は、彼の中にうずいていた「美しい精神」(文芸家) のなせるわざでもあった。祖父や父のあとをついで牧師になることを自明のこととされ、自分でもそうなるのを当然のことと思っていたのであるが、彼がほんとうになりたかったのは、詩人であった。彼は「魔術師の幼年時代」という回想的随想の中で、少年のころ何よりも魔術師になりたいと思った、と書いているが、だんだんそれが、ことばの魔術師、すなわち詩人になることに凝りかたまって行った。「詩人になるか、でなければ、何にもなりたくない」と思いつめるようになった。そして、ついには、すぐれたことばの魔術師になったが、「ペーター・カーメンチント」も、そこに到《いた》る模索の段階を示しているのである。

神学校を脱出したものの、詩人になることを教えてくれる学校はないので、どうしたらよいか、五里霧中で、ヘッセは迷いぬいた。迷いとノイローゼと絶望とから、自殺未遂に追いつめられさえした。ようやく母の愛によって、彼の生命力は立ちなおって、ふるさとの町で小さい機械工場の見習い工になり、ついで大学町チュービンゲンで本屋の店員になった。そして処女詩集「ロマン的な歌」を二十二歳の時、自費出版した。また同年、散文集「真夜中後の一時間」を出し、リルケたちから認められはしたが、どちらも全然売れはしなかった。

本を書く店員は、あまり店主から喜ばれなくなり、父母の時から縁の深いスイスのバーゼルに移り、そこでまた古本屋につとめた。さいわい今度の主人は理解をもって、店員ヘッセの詩文集「ヘルマン・ラウシャー」を自分の店から出版してやりさえした。もっともそれは「ヘルマン・ラウシャーの遺稿の文と詩、ヘッセ編」という著者匿名《とくめい》の形であった。店員としての遠慮ということもあったろうが、それよりは、久しく続いた混迷の内向的ノイローゼを、架空の友人ヘルマン・ラウシャーの遺稿の出版と共に、脱却したいという気持ちからであった。若いヘルマン・ヘッセの分身であるヘルマン・ラウシャーは死んだが、その編者は新たな人生の歩みを踏み出したのであった。

「ヘルマン・ラウシャー」はやがてその作品自体成功を収め、版を重ねたが、これは詩人ヘッセを世に送り出す意義深い跳躍台となった。第一に、彼の音楽的な叙情性を高く認めたカール・ブッセ――「山のあなたの空遠く」の詩人は、その編集するシリーズ「新ドイツ叙情詩人」にヘッセの「詩集」一巻を入れた。これはヘッセが詩人として一家をなしたことを示すものである。そしてその通り、この詩集は、六十余年たった今も「青春詩集」の名で版を重ねている。「詩人になる」宿願がここにかなえられたのであるが、それは同時に悲しい思い出にまつわられている。へッセはこの詩集を、何より自分の宿願のために苦労した母にささげることを喜びとしていたのであったが、母はその直前、一九〇二年の四月に死んでしまった。ヘッセの傷心は大きかった。「郷愁」の中に、全くちがった形であるが、主人公の母の死が印象的に描かれているのは、作者自身の体験につながるものである。

詩集の出る前にもうヘッセは「郷愁」を書きかけていたが、北スイスの作家パウル・イルクが「ヘルマン・ラウシャー」の作者をベルリンの有力なフィッシャー出版社に推薦した。フィッシャーは、ハウプトマンやシュニッツラーやトーマス・マンなど、ヘッセの先輩や同輩たちの作品を出し、近代ドイツ文学の発展に大きな寄与をした。そのフィッシャーから原稿を求められたことは、ヘッセを大いに元気づけた。彼は書きかけていた「ペーター・カーメンチント」を仕上げて、フィッシャーに送った。それはすぐ採りあげられ、その社の文芸雑誌「新展望」に一部分発表され、あくる一九〇四年単行本として刊行され、異常の成功を収めた。

これが「ペーター・カーメンチント」の前史である。この作品によってヘッセは作家として世に立つに到ったのであるから、その前史はこの作品の理解にとっても、作者への手引きとしても重要である。と同時に、この作品はいわゆる「成長小説」、あるいは「教養小説」の典型的なものであって、作者の詩化された自叙伝、あるいはその「詩と真実」であるという点で、作者の生活を回顧しておく必要があるのである。

主人公ペーター・カーメンチントは、ヘッセのように、自然児であると共に「美しい精神」（文芸家）である。ヘッセのこの二面を最もよく反映している人物である点において、この小説は最もヘッセらしい作品である。

十九世紀後半から急速に発達した機械文明と都会文化に対する懐疑と反発は、いろいろな面にあらわれたが、この小説はそうした気持ちにきわめて新鮮な表現を与えたものであった。それがすぐウィーンのバウエルンフェルト賞を贈られ、ベストセラーとなったのは偶然でない。二十世紀初頭の人々の求めていた生活感情や自然感情がみずみずしく表現されており、人々の渇《かつ》をいやしたからである。

山や水を、とりわけ雲を愛する主人公の自然感情は、ヘッセその人のそれを反映している。その自然感情をもって、また、おのずから歌い出《い》でずにはいられない詩人的感覚をもって、現代文明を批判する態度は、ヘッセの全創作を貫いている。画期的な「デミアン」も、ノーベル賞の大作「ガラス玉演戯」も、その点で「ペーター・カーメンチント」の延長であると言える。そして、それらはいずれも、惰性的に現代文明の混迷の中に生きるのでなく、自分の魂のふるさとを求めようとする内部の声である。それゆえ、「ペーター・カーメンチント」は、やや感傷的なひびきがするが、「郷愁」と訳されても、はなはだしく失当ではあるまい。

さらに、この作品では、無所有無技巧無我の聖者アシジのフランシスへのあこがれが描かれている。ヘッセは献身的な兄弟愛の聖フランシスに心から傾倒していた。霊の生活の美しさに強く心をひかれていた。同時に主人公は大酒を飲み、生活の享《きょう》受《じゅ》にも心をひかれていた。この小説のできたころ、ヘッセは「聖フランシス」の小伝と同時に、享楽の聖典「デカメロン」の著者ボッカチオの小伝を書いた。この相反する二つの魂の最も人間的な戦いもまた、ヘッセの全創作を貫く主要なテーマである。その点でも、この最初の大作はヘッセの主導楽句を宿していて、最もヘッセらしい作品をなしていると言えよう。

一九六五年九月

改版に際して、訳者しるす

一九九二年二月、改版に際して、いくらか改訂した。（訳者）

ヘッセ
高橋健二訳
春の嵐
暴走した橇と共に、少年時代の淡い恋と健康な左足とを失った時、クーンの志は音楽に向った……。幸福の意義を求める孤独な魂の歌。

ヘッセ
高橋健二訳
デミアン
主人公シンクレールが、友人デミアンや、孤独な神秘主義者の音楽家の影響を受けて、真の自己を見出していく過程を描いた代表作。

ヘッセ
高橋健二訳
車輪の下
子供の心を押しつぶす教育の車輪から逃れようとして、人生の苦難の渦に巻きこまれていくハンスに、著者の体験をこめた自伝的小説。

ヘッセ
高橋健二訳
青春は美わし
二十世紀最大の文学者といわれるヘッセの、青春時代の魂の記録。孤独な漂泊者の郷愁が美しい自然との交流の中に浮びあがる名作。

ヘッセ
高橋健二訳
クヌルプ
漂泊の旅を重ねながら自然と人生の美しさを見出して、人々に明るさを与えるクヌルプ。その姿に永遠に流浪する芸術家の魂を写し出す。

ヘッセ
高橋健二訳
知と愛
ナルチスによって、芸術に奉仕すべき人間であると教えられたゴルトムント。人間の最も根源的な欲求である知と愛を主題とした作品。

ヘッセ
高橋健二訳
シッダールタ
シッダールタとは釈尊の出家以前の名である。本書は、悟りを開くまでの求道者の苦行を追いながら、著者の宗教的体験を語った異色作。

ヘッセ
高橋健二訳
荒野のおおかみ
複雑な魂の悩みをいだく主人公の行動に託し、機械文明の発達に幻惑されて己れを見失った同時代人を批判した、著者の自己告白の書。

ヘッセ
高橋健二訳
メルヒェン
おとなの心に純粋な子供の魂を呼びもどし、清らかな感動へと誘うヘッセの創作童話集。「アウグスツス」「アヤメ」など全8編を収録。

ヘッセ
高橋健二訳
幸福論
多くの危機を超えて静かな晩年を迎えたヘッセの随想と小品。はぐれ者のからすにアウトサイダーの人生を見る「小がらす」など14編。

高橋健二訳
ヘッセ詩集
ドイツ最大の抒情詩人ヘッセ——十八歳の頃の処女詩集より晩年に至る全詩集の中から、各時代を代表する作品を選びぬいて収録する。

片山敏彦訳
ハイネ詩集
祖国を愛しながら亡命先のパリに客死した薄幸の詩人ハイネ。甘美な歌に放浪者の苦渋がこめられて独特の調べを奏でる珠玉の詩集。

T・マン
高橋義孝訳

トニオ・クレーゲル
ヴェニスに死す

ノーベル文学賞受賞

美と倫理、感性と理性、感情と思想のように相反する二つの力の板ばさみになった芸術家の苦悩と、芸術を求める生を描く初期作品集。

T・マン
高橋義孝訳

魔の山（上・下）

死と病苦、無為と頽廃の支配する高原療養所で療養する青年カストルプの体験を通して、生と死の谷間を彷徨する人々の苦闘を描く。

リルケ
高安国世訳

若き詩人への手紙・
若き女性への手紙

精神的苦悩に直面している青年に、苛酷な生活を強いられている若い女性に、孤独の詩人リルケが深い共感をこめながら送った書簡集。

富士川英郎訳

リルケ詩集

現代抒情詩の金字塔といわれる「オルフォイスへのソネット」をはじめ、二十世紀ドイツ最大の詩人リルケの独自の詩境を示す作品集。

リルケ
大山定一訳

マルテの手記

青年作家マルテをパリの町の厳しい孤独と貧しさのどん底におき、生と死の不安に苦しむその精神体験を綴る詩人リルケの魂の告白。

A・M・リンドバーグ
吉田健一訳

海からの贈物

現代人の直面する重要な問題を平凡な日常生活の中から取出し、語りかけた対話。極度に合理化された文明社会への静かな批判の書。

ゲーテ
高橋義孝訳
若きウェルテルの悩み
ゲーテ自身の絶望的な恋の体験を作品化した書簡体小説。許婚者のいる女性ロッテを恋したウェルテルの苦悩と煩悶を描く古典的名作。

ゲーテ
高橋義孝訳
ファウスト（一・二）
悪魔メフィストーフェレスと魂を賭けた契約をして、充たされた人生を体験しつくそうとするファウスト——文豪が生涯をかけた大作。

高橋健二訳
ゲーテ詩集
人間性への深い信頼に支えられ、世界文学史上に不滅の名をとどめるゲーテの、抒情詩を中心に代表的な作品を年代順に選んだ詩集。

高橋健二編訳
ゲーテ格言集
偉大な文豪であり、人間的な魅力にもあふれるゲーテ。深い知性と愛情に裏付けられた言葉の宝庫から親しみやすい警句、格言を収集。

フロイト
高橋義孝訳
夢判断（上・下）
日常生活において無意識に抑圧されている欲求と夢との関係を分析、実例を示して詳しく解説することによって人間心理を探る名著。

フロイト
高橋義孝
下坂幸三訳
精神分析入門（上・下）
自由連想という画期的方法による精神分析の創始者がウィーン大学で行なった講義の記録。フロイト理論を理解するために絶好の手引き。

ニーチェ
竹山道雄訳
ツァラトストラかく語りき（上・下）
ついに神は死んだ――ツァラトストラが超人へと高まりゆく内的過程を追いながら、永劫回帰の思想を語った律動感にあふれる名著。

ニーチェ
竹山道雄訳
善悪の彼岸
「世界は不条理であり、生命は自立した倫理をもつべきだ」と説く著者が既成の道徳観念と十九世紀後半の西欧精神を批判した代表作。

ニーチェ
西尾幹二訳
この人を見よ
ニーチェ発狂の前年に著わされた破天荒な自伝で、〝この人〟とは彼自身を示す。迫りくる暗い運命を予感しつつ率直に語ったその生涯。

カフカ
高橋義孝訳
変身
朝、目をさますと巨大な毒虫に変っている自分を発見した男――第一次大戦後のドイツの精神的危機、新しきものの待望を託した傑作。

カフカ
前田敬作訳
城
測量技師Kが赴いた〝城〟は、厖大かつ神秘的な官僚機構に包まれ、外来者に対して決して門を開かない……絶望と孤独の作家の大作。

B・シュリンク
松永美穂訳
朗読者
毎日出版文化賞特別賞受賞
15歳の僕と36歳のハンナ。人知れず始まった愛には、終わったはずの戦争が影を落していた。世界中を感動させた大ベストセラー。

バルザック
石井晴一訳
谷間の百合
充たされない結婚生活を送るモルソフ伯爵夫人の心に忍びこむ純真な青年フェリックスの存在。彼女は凄じい内心の葛藤に悩むが……。

バルザック
平岡篤頼訳
ゴリオ爺さん
華やかなパリ社交界に暮す二人の娘に全財産を注ぎこみ屋根裏部屋で窮死するゴリオ爺さん。娘ゆえの自己犠牲に破滅する父親の悲劇。

ジッド
山内義雄訳
狭き門
地上の恋を捨て天上の愛に生きるアリサ。死後、残された日記には、従弟ジェロームへの想いと神の道への苦悩が記されていた……。

ジッド
神西清訳
田園交響楽
彼女はなぜ自殺したのか？ 待ち望んでいた手術が成功して眼が見えるようになったのに。盲目の少女と牧師一家の精神の葛藤を描く。

スタンダール
大岡昇平訳
パルムの僧院（上・下）
〝幸福の追求〟に生命を賭ける情熱的な青年貴族ファブリスが、愛する人の死によって僧院に入るまでの波瀾万丈の半生を描いた傑作。

スタンダール
小林正訳
赤と黒（上・下）
美貌で、強い自尊心と鋭い感受性をもつジュリヤン・ソレルが、長年の夢であった地位をその手で摑もうとした時、無惨な破局が……。

新潮文庫最新刊

大塚已愛著
鬼憑き十兵衛
日本ファンタジーノベル大賞受賞
父の仇を討つ――。復讐に燃える少年と憎形の鬼、そして謎の少女の道行きはいかに。満場一致で受賞が決まった新時代の伝奇活劇！

町屋良平著
1R1分34秒
芥川賞受賞
敗戦続きのぼんこつボクサーが自分を見失いかけるも、ウメキチとの出会いで変わっていく。若者の葛藤と成長を描く圧巻の青春小説。

田中兆子著
徴産制
センス・オブ・ジェンダー賞大賞受賞
疫病で女性が激減した近未来。国家は18歳から30歳の男性に性転換を課し、出産を奨励した――。男女の壁を打ち破る挑戦的作品！

櫻井よしこ著
問答無用
一帯一路、RCEP、AIIB、中国の野望に米中の対立は激化。米国は日本にも圧力をかけてくる。日本のとるべき道は、ただ一つ。

野地秩嘉著
トヨタ物語
ジャスト・イン・タイム、アンドン、かんばん方式――。世界が知りたがるトヨタ生産方式とは何か。最深部に迫るノンフィクション。

原田マハ著
常設展示室
―Permanent Collection―
ピカソ、フェルメール、ラファエロ、ゴッホ、マティス、東山魁夷。実在する6枚の名画が人々を優しく照らす瞬間を描いた傑作短編集。

Title：PETER CAMENZIND
Author：Hermann Hesse

郷《きょう》愁《しゅう》

—ペーター・カーメンチント—

新潮文庫　へ-1-7

昭和三十一年八月三十一日　発行
平成二十四年三月二十五日　六十七刷改版
令和三年十二月五日　七十一刷

訳者　高《たか》橋《はし》健《けん》二《じ》

発行者　佐藤隆信

発行所　株式会社 新潮社

郵便番号　一六二—八七一一
東京都新宿区矢来町七一
電話　編集部(〇三)三二六六—五四四〇
読者係(〇三)三二六六—五一一一
http://www.shinchosha.co.jp

価格はカバーに表示してあります。

乱丁・落丁本は、ご面倒ですが小社読者係宛ご送付ください。送料小社負担にてお取替えいたします。

印刷・株式会社三秀舎　製本・加藤製本株式会社

ISBN978-4-10-200107-3 C0197